КАВКАЗСКИЙ ПЛЕННИК. ХАДЖИ-МУРАТ

Лев Николаевич Толстой

Кавказский пленник. Хаджи-Мурат

Лев Николаевич Толстой

В книгу вошли произведения великого русского писателя, посвященные событиям Кавказской войны середины XIX века.

ISBN: 978-1-7637479-1-3

1828—1910

КАВКАЗСКИЙ ПЛЕННИК

(быль)

1

Служил на Кавказе офицером один барин. Звали его Жилин.

Пришло раз ему письмо из дома. Пишет ему старуха мать: «Стара я уж стала, и хочется перед смертью повидать любимого сынка. Приезжай со мной проститься, похорони, а там и с Богом, поезжай опять на службу. А я тебе и невесту приискала: и умная, и хорошая, и именье есть. Полюбится тебе, может, и женишься и совсем останешься».

Жилин и раздумался: «И в самом деле: плоха уж старуха стала; может, и не придется увидать. Поехать; а если невеста хороша – и жениться можно».

Пошел он к полковнику, выправил отпуск, простился с товарищами, поставил своим солдатам четыре ведра водки на прощанье и собрался ехать.

На Кавказе тогда война была. По дорогам ни днем ни ночью не было проезда. Чуть кто из русских отъедет или отойдет от крепости, татары или убьют, или уведут в горы. И было заведено, что два раза в неделю из крепости в крепость ходили провожатые солдаты. Спереди и сзади идут солдаты, а в средине едет народ.

Дело было летом. Собрались на зорьке обозы за крепость, вышли провожатые солдаты и тронулись по дороге. Жилин ехал верхом, а телега с его вещами шла в обозе.

Ехать было 25 верст. Обоз шел тихо; то солдаты остановятся, то в обозе колесо у кого соскочит или лошадь станет, и все стоят – дожидаются.

Солнце уже и за полдни перешло, а обоз только половину дороги прошел. Пыль, жара, солнце так и печет, а укрыться негде. Голая степь, ни деревца, ни кустика по дороге.

Выехал Жилин вперед, остановился и ждет, пока подойдет обоз. Слышит, сзади на рожке заиграли, – опять стоять. Жилин и подумал: «А не уехать ли одному, без солдат? Лошадь подо мной добрая, если и нападусь на татар – ускачу. Или не ездить?..»

Остановился, раздумывает. И подъезжает к нему на лошади другой офицер, Костылин, с ружьем и говорит:

– Поедем, Жилин, одни. Мочи нет, есть хочется, да и жара. На мне рубаху хоть выжми. – А Костылин – мужчина грузный, толстый, весь красный, а пот с него так и льет. Подумал Жилин и говорит:

– А ружье заряжено?

– Заряжено.

– Ну, так поедем. Только уговор – не разъезжаться.

И поехали они вперед по дороге. Едут степью, разговаривают да поглядывают по сторонам. Кругом далеко видно.

Только кончилась степь, пошла дорога промеж двух гор в ущелье, Жилин и говорит:

– Надо выехать на гору, поглядеть, а то тут, пожалуй, выскочат из-за горы и не увидишь.

А Костылин говорит:

– Что смотреть? поедем вперед.

Жилин не послушал его.

– Нет, – говорит, – ты подожди внизу, а я только взгляну.

И пустил лошадь налево, на гору. Лошадь под Жилиным была охотницкая (он за нее сто рублей заплатил в табуне жеребенком и сам выездил); как на крыльях взнесла его на кручь. Только выскакал, глядь – а перед самым им, на десятину места, стоят татары верхами, – человек тридцать. Он увидал, стал назад поворачивать; и татары его увидали, пустились к нему, сами на скаку выхватывают ружья из чехлов. Припустил Жилин под кручь во все лошадиные ноги, кричит Костылину:

– Вынимай ружье! – а сам думает на лошадь свою: «Матушка, вынеси, не зацепись ногой, спотыкнешься – пропал. Доберусь до ружья, я им не дамся».

А Костылин, заместо того чтобы подождать, только увидал татар – закатился что есть духу к крепости. Плетью ожаривает лошадь то с того бока, то с другого. Только в пыли видно, как лошадь хвостом вертит.

Жилин видит – дело плохо. Ружье уехало, с одной шашкой ничего не сделаешь. Пустил он лошадь назад к солдатам – думал уйти. Видит, ему наперерез катят шестеро. Под ним лошадь добрая, а под теми еще добрее, да и наперерез скачут. Стал он окорачивать, хотел назад поворотить, да уж разнеслась лошадь, не удержит, прямо на них летит. Видит – близится к нему с красной бородой татарин на сером коне. Визжит, зубы оскалил, ружье наготове.

«Ну, – думает Жилин, – знаю вас, чертей, если живого возьмут, посадят в яму, будут плетью пороть. Не дамся же живой».

А Жилин хоть невелик ростом, а удал был. Выхватил шашку, пустил лошадь прямо на красного татарина, думает: «Либо лошадью сомну, либо срублю шашкой».

На лошадь места не доскакал Жилин, выстрелили по нем сзади из ружей и попали в лошадь. Ударилась лошадь оземь со всего маху, – навалилась Жилину на ногу.

Хотел он подняться, а уж на нем два татарина вонючие сидят, крутят ему назад руки. Рванулся он, скинул с себя татар, – да еще соскакали с коней трое на него, начали бить прикладами по голове. Помутилось у него в глазах и зашатался. Схватили его татары, сняли с седел подпруги запасные, закрутили ему руки за спину, завязали татарским узлом, поволокли к седлу. Шапку с него сбили, сапоги стащили, все обшарили, деньги, часы вынули, платье все изорвали. Оглянулся Жилин на свою лошадь. Она, сердечная, как упала на бок, так и лежит, только бьется ногами, – до земли не достает; в голове дыра, и из дыры так и свищет кровь черная, – на аршин кругом пыль смочила.

Один татарин подошел к лошади, стал седло снимать. Она все бьется, – он вынул кинжал, прорезал ей глотку. Засвистело из горла, трепанулась, и пар вон.

Сняли татары седло, сбрую. Сел татарин с красной бородой на лошадь, а другие подсадили Жилина к нему на седло; а чтобы не упал, притянули его ремнем за пояс к татарину и повезли в горы.

Сидит Жилин за татарином, покачивается, тычется лицом в вонючую татарскую спину. Только и видит перед собой здоровенную татарскую спину, да шею жилистую, да бритый затылок из-под шапки синеется. Голова у Жилина разбита, кровь запеклась над глазами. И нельзя ему ни поправиться на лошади, ни кровь обтереть. Руки так закручены, что в ключице ломит.

Ехали они долго с горы на гору, переехали вброд реку, выехали на дорогу и поехали лощиной.

Хотел Жилин примечать дорогу, куда его везут, – да глаза замазаны кровью, а повернуться нельзя.

Стало смеркаться. Переехали еще речку, стали подниматься по каменной горе, запахло дымом, забрехали собаки.

Приехали в аул[1]. Послезли с лошадей татары, собрались ребята татарские, окружили Жилина, пищат, радуются, стали каменьями пулять в него.

---

[1] Аул – татарская деревня. (*Примеч. Л. Н. Толстого.*)

Татарин отогнал ребят, снял Жилина с лошади и кликнул работника. Пришел ногаец скуластый, в одной рубахе. Рубаха оборванная, вся грудь голая. Приказал что-то ему татарин. Принес работник колодку: два чурбака дубовых на железные кольца насажены, и в одном кольце пробойник и замок.

Развязали Жилину руки, надели колодку и повели в сарай: толкнули его туда и заперли дверь. Жилин упал на навоз. Полежал, ощупал в темноте, где помягче, и лег.

2

Почти всю эту ночь не спал Жилин. Ночи короткие были. Видит – в щелке светиться стало. Встал Жилин, раскопал щелку побольше, стал смотреть.

Видна ему из щелки дорога – под гору идет, направо сакля татарская, два дерева подле нее. Собака черная лежит на пороге, коза с козлятами ходит, хвостиками подергивают. Видит – из-под горы идет татарка молоденькая, в рубахе цветной, распояской, в штанах и сапогах, голова кафтаном покрыта, а на голове большой кувшин жестяной с водой. Идет, в спине подрагивает, перегибается, а за руку татарчонка ведет бритого, в одной рубашке. Прошла татарка в саклю с водой, вышел татарин вчерашний с красной бородой, в бешмете шелковом, на ремне кинжал серебряный, в башмаках на босу ногу. На голове шапка высокая, баранья, черная, назад заломлена. Вышел, потягивается, бороду красную сам поглаживает. Постоял, велел что-то работнику и пошел куда-то.

Проехали потом на лошадях двое ребят к водопою. У лошадей храп мокрый. Выбежали еще мальчишки бритые, в одних рубашках, без порток, собрались кучкой, подошли к сараю, взяли хворостину и суют в щелку. Жилин как ухнет на них: завизжали ребята, закатились бежать прочь, только коленки голые блестят.

А Жилину пить хочется, в горле пересохло; думает – хоть бы пришли проведать. Слышит – отпирают сарай. Пришел красный татарин, а с ним другой, поменьше ростом, черноватенький. Глаза черные, светлые, румяный, бородка маленькая, подстрижена; лицо веселое, все смеется. Одет черноватый еще лучше; бешмет шелковый синий, галунчиком обшит. Кинжал на поясе большой, серебряный; башмачки красные, сафьянные, тоже серебром обшиты. А на тонких башмачках другие толстые башмаки. Шапка высокая, белого барашка.

Красный татарин вошел, проговорил что-то, точно ругается, и стал; облокотился на притолку, кинжалом пошевеливает, как волк исподлобья косится на Жилина. А черноватый, – быстрый, живой, так весь на пружинах и ходит, – подошел прямо к Жилину, сел на корточки, оскаливается, потрепал его по плечу, что-то начал часто-часто по-своему лопотать, глазами подмигивает, языком прищелкивает, все приговаривает: «корошо урус! корошо урус!»

Ничего не понял Жилин и говорит: «Пить, воды пить дайте!»

Черный смеется. «Корош урус», – все по-своему лопочет.

Жилин губами и руками показал, чтоб пить ему дали.

Черный понял, засмеялся, выглянул в дверь, кликнул кого-то: «Дина!»

Прибежала девочка – тоненькая, худенькая, лет тринадцати и лицом на черного похожа. Видно, что дочь. Тоже – глаза черные, светлые и лицом красивая. Одета в рубаху длинную, синюю, с широкими рукавами и без пояса. На полах, на груди и на рукавах оторочено красным. На ногах штаны и башмачки, а на башмачках другие с высокими каблуками; на шее монисто, всё из русских полтинников. Голова непокрытая, коса черная, и в косе лента, а на ленте привешаны бляхи и рубль серебряный.

Велел ей что-то отец. Убежала и опять пришла, принесла кувшинчик жестяной. Подала воду, сама села на корточки, вся изогнулась так, что плечи ниже колен ушли. Сидит, глаза раскрыла, глядит на Жилина, как он пьет, как на зверя какого.

Подал ей Жилин назад кувшин. Как она прыгнет прочь, как коза дикая. Даже отец засмеялся. Послал ее еще куда-то. Она взяла кувшин, побежала, принесла хлеба пресного на дощечке круглой и опять села, изогнулась, глаз не спускает – смотрит.

Ушли татары, заперли опять дверь.

Погодя немного, приходит к Жилину ногаец и говорит:

– Айда, хозяин, айда!

Тоже не знает по-русски. Только понял Жилин, что велит идти куда-то.

Пошел Жилин с колодкой, хромает, ступить нельзя, так и воротит ногу в сторону. Вышел Жилин за ногайцем. Видит – деревня татарская, домов десять, и церковь ихняя, с башенкой. У одного дома стоят три лошади в седлах. Мальчишки держат в поводу. Выскочил из этого дома черноватый татарин, замахал рукой, чтоб к нему шел Жилин. Сам смеется, все говорит что-то по-своему, и ушел в дверь. Пришел Жилин в дом. Горница хорошая, стены глиной гладко вымазаны. К передней стене пуховики пестрые уложены, по бокам висят ковры дорогие; на коврах ружья, пистолеты, шашки – всё в серебре. В одной стене печка маленькая вровень с полом. Пол земляной, чистый как ток, и весь передний угол устлан войлоками; на войлоках ковры, а на коврах пуховые подушки. И на коврах в одних башмаках сидят татары: черный, красный и трое гостей. За спинами у всех пуховые подушки подложены, а перед ними на круглой дощечке блины просяные и масло коровье распущено в чашке, и пиво татарское – буза, в кувшинчике. Едят руками, и руки все в масле.

Вскочил черный, велел посадить Жилина в сторонке, не на ковер, а на голый пол, залез опять на ковер, угощает гостей блинами и бузой. Посадил работник Жилина на место, сам снял верхние башмаки, поставил у двери рядком, где и другие башмаки стояли, и сел на войлок поближе к хозяевам; смотрит, как они едят, слюни утирает.

Поели татары блины, пришла татарка в рубахе такой же, как и девка, и в штанах; голова платком покрыта. Унесла масло, блины, подала лоханку хорошую и кувшин с узким носком. Стали мыть руки татары, потом сложили руки, сели на коленки, подули на все стороны и молитвы прочли. Поговорили по-своему. Потом один из гостей-татар повернулся к Жилину, стал говорить по-русски.

– Тебя, – говорит, – взял Кази-Мугамед, – сам показывает на красного татарина, – и отдал тебя Абдул-Мурату, – показывает на черноватого. – Абдул-Мурат теперь твой хозяин. – Жилин молчит.

Заговорил Абдул-Мурат, и все показывает на Жилина, и смеется, и приговаривает: «солдат урус, корошо урус».

Переводчик говорит: «Он тебе велит домой письмо писать, чтоб за тебя выкуп прислали. Как пришлют деньги, он тебя пустит».

Жилин подумал и говорит: «А много ли он хочет выкупа?»

Поговорили татары, переводчик и говорит:

– Три тысячи монет.

– Нет, – говорит Жилин, – я этого заплатить не могу.

Вскочил Абдул, начал руками махать, что-то говорит Жилину, – всё думает, что он поймет. Перевел переводчик, говорит: «Сколько же ты дашь?»

Жилин подумал и говорит: «Пятьсот рублей».

Тут татары заговорили часто, все вдруг. Начал Абдул кричать на красного, залопотал так, что слюни изо рта брызжут. А красный только жмурится да языком пощелкивает.

Замолчали они; переводчик и говорит:

– Хозяину выкупу мало пятьсот рублей. Он сам за тебя двести рублей заплатил. Ему Кази-Мугамед был должен. Он тебя за долг взял. Три тысячи рублей, меньше нельзя пустить. А не напишешь, в яму посадят, наказывать будут плетью.

«Эх, – думает Жилин, – с ними что робеть, то хуже». Вскочил на ноги и говорит:

– А ты ему, собаке, скажи, что если он меня пугать хочет, так ни копейки ж не дам, да и писать не стану. Не боялся, да и не буду бояться вас, собак!

Пересказал переводчик, опять заговорили все вдруг.

Долго лопотали, вскочил черный, подошел к Жилину.

– Урус, – говорит, – джигит, джигит урус!

Джигит, по-ихнему, значит «молодец». И сам смеется; сказал что-то переводчику, а переводчик говорит:

– Тысячу рублей дай.

Жилин стал на своем: «Больше пятисот рублей не дам. А убьете, – ничего не возьмете».

Поговорили татары, послали куда-то работника, а сами то на Жилина, то на дверь поглядывают. Пришел работник, и идет за ним человек какой-то, толстый, босиком и ободранный, на ноге тоже колодка.

Так и ахнул Жилин, – узнал Костылина. И его поймали. Посадили их рядом; стали они рассказывать друг другу, а татары молчат, смотрят. Рассказал Жилин, как с ним дело было; Костылин рассказал, что лошадь под ним стала и ружье осеклось и что этот самый Абдул нагнал его и взял.

Вскочил Абдул, показывает на Костылина, что-то говорит.

Перевел переводчик, что они теперь оба одного хозяина, и кто прежде выкуп даст, того прежде отпустят.

– Вот, – говорит Жилину, – ты все серчаешь, а товарищ твой смирный; он написал письмо домой, пять тысяч монет пришлют. Вот его и кормить будут хорошо, и обижать не будут.

Жилин говорит:

– Товарищ как хочет; он, может, богат, а я не богат. Я, – говорит, – как сказал, так и будет. Хотите убивайте, – пользы вам не будет, а больше пятисот рублей не напишу.

Помолчали. Вдруг как вскочит Абдул, достал сундучок, вынул перо, бумаги лоскут и чернила, сунул Жилину, хлопнул по плечу, показывает: «пиши». Согласился на 500 рублей.

– Погоди еще, – говорит Жилин переводчику, – скажи ты ему, чтоб он нас кормил хорошо, одел-обул как следует, чтоб держал вместе, – нам веселей будет, и чтобы колодку снял. – Сам смотрит на хозяина и смеется. Смеется и хозяин. Выслушал и говорит:

– Одежу самую лучшую дам: и черкеску, и сапоги, хоть жениться. Кормить буду, как князей. А коли хотят жить вместе – пускай живут в сарае. А колодку нельзя снять – уйдут. На ночь только снимать буду. – Подскочил, треплет по плечу. – Твоя хорош, моя хорош!

Написал Жилин письмо, а на письме не так написал, чтоб не дошло. Сам думает: «Я уйду».

Отвели Жилина с Косты л иным в сарай, принесли им туда соломы кукурузной, воды в кувшине, хлеба, две черкески старые и сапоги истрепанные, солдатские. Видно, с убитых солдат стащили. На ночь сняли с них колодки и заперли в сарай.

3

Жил так Жилин с товарищем месяц целый. Хозяин все смеется. – Твоя, Иван, хорош, – моя, Абдул, хорош. – А кормил плохо, – только и давал, что хлеб пресный из просяной муки, лепешками печенный, а то и вовсе тесто непеченое.

Костылин еще раз писал домой, все ждал присылки денег и скучал. По целым дням сидит в сарае и считает дни, когда письмо придет, или спит. А Жилин знал, что его письмо не дойдет, а другого не писал.

«Где, – думает, – матери столько денег взять, за меня заплатить. И то она тем больше жила, что я посылал ей. Если ей пятьсот рублей собрать, надо разориться вконец. Бог даст – и сам выберусь».

А сам все высматривает, выпытывает, как ему бежать. Ходит по аулу, насвистывает; а то сидит, что-нибудь рукодельничает, или из глины кукол лепит, или плетет плетенки из прутьев. А Жилин на всякое рукоделье мастер был.

Слепил он раз куклу, с носом, с руками, с ногами и в татарской рубахе, и поставил куклу на крышу.

Пошли татарки за водой. Хозяйская дочь Динка увидала куклу, позвала татарок. Составили кувшины, смотрят, смеются. Жилин снял куклу, подает им. Они смеются, а не смеют взять. Оставил он куклу, ушел в сарай и смотрит, что будет?

Подбежала Дина, оглянулась, схватила куклу и убежала. Наутро смотрит, на зорьке Дина вышла на порог с куклой. А куклу уж лоскутками красными убрала и качает, как ребенка, сама по-своему прибаюкивает. Вышла старуха, забранилась на нее, выхватила куклу, разбила ее, услала куда-то Дину на работу.

Сделал Жилин другую куклу, еще лучше, – отдал Дине. Принесла раз Дина кувшинчик, поставила, села и смотрит на него, сама смеется, показывает на кувшин.

«Чего она радуется?» – думает Жилин. Взял кувшин, стал пить. Думает, вода, а там молоко. Выпил он молоко, «хорошо», – говорит. Как взрадуется Дина!

– Хорошо, Иван, хорошо! – и вскочила, забила в ладоши, вырвала кувшин и убежала.

И с тех пор стала она ему каждый день, крадучи, молока носить. А то делают татары из козьего молока лепешки сырные и сушат их на крышах, – так она эти лепешки ему тайком принашивала. А то раз резал хозяин барана, – так она ему кусок баранины принесла в рукаве. Бросит и убежит.

Была раз гроза сильная, и дождь час целый как из ведра лил. И помутились все речки, где брод был, там на три аршина вода пошла, камни ворочает. Повсюду ручьи текут, гул стоит по горам. Вот как прошла гроза, везде по деревне ручьи бегут. Жилин выпросил у хозяина ножик, вырезал валик, дощечки, колесо оперил, а к колесу на двух концах кукол приделал.

Принесли ему девчонки лоскутков, – одел он кукол: одна – мужик, другая – баба; утвердил их, поставил колесо на ручей. Колесо вертится, а куколки прыгают.

Собралась вся деревня: мальчишки, девчонки, бабы; и татары пришли, языком щелкают:

– Ай, урус! ай, Иван!

Были у Абдула часы русские, сломанные. Позвал он Жилина, показывает, языком щелкает. Жилин говорит:

– Давай починю.

Взял, разобрал ножичком, разложил; опять сладил, отдал. Идут часы.

Обрадовался хозяин, принес ему бешмет свой старый, весь в лохмотьях, подарил. Нечего делать, взял, – и то годится покрыться ночью.

С тех пор прошла про Жилина слава, что он мастер. Стали к нему из дальних деревень приезжать: кто замок на ружье или пистолет починить принесет, кто часы. Привез ему хозяин снасть: и щипчики, и буравчики, и подпилочек.

Заболел раз татарин, пришли к Жилину: «Поди полечи». Жилин ничего не знает, как лечить. Пошел, посмотрел, думает: «Авось поздоровеет сам». Ушел в сарай, взял воды, песку, помешал. При татарах нашептал на воду, дал выпить. Выздоровел на его счастье татарин. Стал Жилин немножко понимать по-ихнему. И которые татары привыкли к нему, – когда нужно, кличут: «Иван, Иван!» – а которые все, как на зверя, косятся.

Красный татарин не любил Жилина. Как увидит, нахмурится и прочь отвернется либо обругает. Был еще у них старик. Жил он не в ауле, а приходил из-под горы. Видал его Жилин только, когда он в мечеть приходил Богу молиться. Он был ростом маленький, на шапке у него белое полотенце обмотано, бородка и усы подстрижены, – белые, как пух; а лицо сморщенное и красное, как кирпич. Нос крючком, как у ястреба, а глаза серые, злые и зубов нет – только два клыка. Идет, бывало, в чалме своей, костылем подпирается, как волк, озирается. Как увидит Жилина, так захрапит и отвернется.

Пошел раз Жилин под гору – посмотреть, где живет старик. Сошел по дорожке, видит садик, ограда каменная; из-за ограды – черешни, шепталы и избушка с плоской крышкой. Подошел он ближе; видит – ульи стоят, плетенные из соломы, и пчелы летают, гудят. И старик стоит на коленочках, что-то хлопочет у улья. Поднялся Жилин повыше, посмотреть и загремел колодкой. Старик оглянулся – как визгнет; выхватил из-за пояса пистолет, в Жилина выпалил. Чуть успел он за камень притулиться.

Пришел старик к хозяину жаловаться. Позвал хозяин Жилина, сам смеется и спрашивает:

– Зачем ты к старику ходил?

– Я, – говорит, – ему худого не сделал. Я хотел посмотреть, как он живет.

Передал хозяин. А старик злится, шипит, что-то лопочет, клыки свои выставил, махает руками на Жилина.

Жилин не понял всего; но понял, что старик велит хозяину убить русских, а не держать их в ауле. Ушел старик.

Стал Жилин спрашивать хозяина: что это за старик? Хозяин и говорит:

– Это большой человек! Он первый джигит был, он много русских побил, богатый был. У него было три жены и восемь сынов. Все жили в одной деревне. Пришли русские, разорили деревню и семь сыновей убили. Один сын остался и передался русским. Старик поехал и сам передался русским. Пожил у них три месяца, нашел там своего сына, сам убил его и бежал. С тех пор он бросил воевать, пошел в Мекку – Богу молиться. От этого у него чалма. Кто в Мекке был, тот называется хаджи и чалму надевает. Не любит он вашего брата. Он велит тебя убить; да мне нельзя убить, – я за тебя деньги заплатил; да я тебя, Иван, полюбил; я тебя не то что убить, я бы тебя и выпускать не стал, кабы слова не дал. – Смеется, сам приговаривает по-русски: «Твоя, Иван, хорош, моя, Абдул, хорош!»

4

Прожил так Жилин месяц. Днем ходит по аулу или рукодельничает, а как ночь придет, затихнет в ауле, так он у себя в сарае копает. Трудно было копать от камней, да он подпилком камни тер, и прокопал он под стеной дыру, что впору пролезть. «Только бы, – думает, – мне место хорошенько узнать, в какую сторону идти. Да не сказывают никто татары».

Вот он выбрал время, как хозяин уехал; пошел после обеда за аул на гору, – хотел оттуда место посмотреть. А когда хозяин уезжал, он приказал малому за Жилиным ходить, с глаз его не спускать. Бежит малый за Жилиным, кричит:

– Не ходи! Отец не велел. Сейчас народ позову!

Стал его Жилин уговаривать.

– Я, – говорит, – далеко не уйду, – только на ту гору поднимусь: мне траву нужно найти – ваш народ лечить. Пойдем со мной; я с колодкой не убегу. А тебе завтра лук сделаю и стрелы.

Уговорил малого, пошли. Смотреть на гору – не далеко, а с колодкой трудно; шел, шел, насилу взобрался. Сел Жилин, стал место разглядывать. На полдни, за горой, лощина, табун ходит, и аул другой в низочке виден. От аула другая гора – еще круче, а за той горой еще гора. Промеж гор лес синеется, а там еще горы всё выше и выше поднимаются. А выше всех – белые, как сахар, горы стоят под снегом. И одна снеговая гора выше других шапкой стоит. На восход и на закат – всё такие же горы; кое-где аулы дымятся в ущельях. «Ну, – думает, – это все ихняя сторона». Стал смотреть в русскую сторону: под ногами речка, аул свой, садики кругом. На речке, как куклы маленькие, видно, – бабы сидят, полоскают. За аулом, пониже, гора, и через нее еще две горы, по ним лес; а промеж двух гор синеется ровное место, а на ровном месте, далеко-далеко, точно дым стелется. Стал Жилин вспоминать, когда он в крепости дома жил, где солнце всходило и где заходило. Видит: так точно, в этой долине должна быть наша крепость. Туда, промеж этих двух гор, и бежать надо.

Стало солнышко закатываться. Стали снеговые горы из белых – алые; в черных горах потемнело; из лощин пар поднялся, и самая та долина, где крепость наша должна быть, как в огне загорелась от заката. Стал Жилин вглядываться, – маячит что-то в долине, точно дым из труб. И так и думается ему, что это самое – крепость русская.

Уж поздно стало. Слышно – мулла прокричал. Стадо гонят – коровы ревут. Малый все зовет: «Пойдем», а Жилину и уходить не хочется.

Вернулись они домой. «Ну, – думает Жилин, – теперь место знаю; надо бежать». Хотел он бежать в ту же ночь. Ночи были темные – ущерб месяца. На беду, к вечеру вернулись татары. Бывало, приезжают они – гонят с собою скотину и приезжают веселые. А на этот раз ничего не пригнали, а привезли на седле своего убитого татарина, брата рыжего. Приехали сердитые, собрались все хоронить. Вышел и Жилин посмотреть. Завернули мертвого в полотно, без гроба, вынесли под чинары за деревню, положили на траву. Пришел мулла, собрались старики, полотенцами повязали шапки, разулись, сели рядком на пятки перед мертвым.

Спереди мулла, сзади три старика в чалмах, рядком, а сзади их еще татары. Сели, потупились и молчат. Долго молчали. Поднял голову мулла и говорит:

– Алла! (значит Бог.) – Сказал это одно слово, и опять потупились и долго молчали; сидят, не шевелятся. Опять поднял голову мулла:

– Алла! – и все проговорили: «Алла» – и опять замолчали. Мертвый лежит на траве, не шелохнется, и они сидят как мертвые. Не шевельнется ни один. Только слышно, на чинаре листочки от ветерка поворачиваются. Потом прочел мулла молитву, все встали, подняли мертвого на руки, понесли. Принесли к яме. Яма вырыта не простая, а подкопана под землю, как подвал. Взяли мертвого под мышки, да под лытки, перегнули, спустили полегонечку, подсунули сидьмя под землю, заправили ему руки на живот.

Притащил ногаец камышу зеленого, заклали камышом яму, живо засыпали землей, сровняли, а в головы к мертвецу камень стоймя поставили. Утоптали землю, сели опять рядком перед могилой. Долго молчали.

– Алла! Алла! Алла! – Вздохнули и встали.

Роздал рыжий денег старикам, потом встал, взял плеть, ударил себя три раза по лбу и пошел домой.

Наутро видит Жилин – ведет красный кобылу за деревню, а за ним трое татар идут. Вышли за деревню, снял рыжий бешмет, засучил рукава, – ручищи здоровые, – вынул кинжал, поточил на бруске. Задрали татары кобыле голову кверху, подошел рыжий, перерезал глотку, повалил кобылу и начал свежевать – кулачищами шкуру подпарывает. Пришли бабы, девки, стали мыть кишки и нутро. Разрубили потом кобылу, стащили в избу. И вся деревня собралась к рыжему поминать покойника.

Три дня ели кобылу, бузу пили, покойника поминали. Все татары дома были. На четвертый день, видит Жилин, в обед куда-то собираются. Привели лошадей, убрались и поехали человек 10, и красный поехал; только Абдул дома остался. Месяц только народился, ночи еще темные были.

«Ну, – думает Жилин, – нынче бежать надо», и говорит Костылину. А Костылин заробел.

– Да как же бежать? Мы и дороги не знаем.

– Я знаю дорогу.

– Да и не дойдем в ночь.

– А не дойдем – в лесу переночуем. Я вот лепешек набрал. Что ж ты будешь сидеть? Хорошо, пришлют денег, а то ведь не соберут. А татары теперь злые – за то, что ихнего русские убили. Поговаривают – нас убить хотят.

Подумал, подумал Костылин.

– Ну, пойдем.

5

Полез Жилин в дыру, раскопал пошире, чтоб и Костылину пролезть, и сидят они – ждут, чтобы затихло в ауле. Только затих народ в ауле, Жилин полез под стену, выбрался. Шепчет Костылину: «Полезай». Полез и Костылин, да зацепил камень ногой, загремел. А у хозяина сторожка была – пестрая собака, и злая-презлая; звали ее Уляшин. Жилин уже наперед прикормил ее. Услыхал Уляшин, – забрехал и кинулся, а за ним другие собаки. Жилин чуть свистнул, кинул лепешки кусок, Уляшин узнал, замахал хвостом и перестал брехать.

Хозяин услыхал, загайкал из сакли: «Гайть! Гайть! Уляшин!»

А Жилин за ушами почесывает Уляшина. Молчит собака, трется ему об ноги, хвостом махает.

Посидели они за углом. Затихло все; только слышно, овца перхает в закуте да низом вода по камушкам шумит. Темно; звезды высоко стоят на небе; над горой молодой месяц закраснелся, кверху рожками заходит. В лощинах туман, как молоко, белеется.

Поднялся Жилин, говорит товарищу: «Ну, брат, айда!»

Тронулись; только отошли, слышат – запел мулла на крыше: «Алла! Бесмилла! Ильрахман!» Значит – пойдет народ в мечеть. Сели опять, притаившись под стенкой. Долго сидели, дожидались, пока народ пройдет. Опять затихло.

– Ну, с Богом! – Перекрестились, пошли. Прошли через двор под кручь к речке, перешли речку, пошли лощиной. Туман густой, да низом стоит, а над головой звезды виднешеньки. Жилин по звездам примечает, в какую сторону идти. В тумане свежо, идти легко, только сапоги неловки – стоптались. Жилин снял свои, бросил, пошел босиком. Попрыгивает с камушка на камушек да на звезды поглядывает. Стал Костылин отставать.

– Тише, – говорит, – иди: сапоги проклятые все ноги стерли.

– Да ты сними, легче будет.

Пошел Костылин босиком – еще того хуже: изрезал все ноги по камням и все отстает. Жилин ему говорит:

– Ноги обдерешь – заживут, а догонят – убьют – хуже.

Костылин ничего не говорит, идет, покряхтывает. Шли они низом долго. Слышат – вправо собаки забрехали. Жилин остановился, осмотрелся, полез на гору, руками ощупал.

– Эх, – говорит, – ошиблись мы, – вправо забрали. Тут аул чужой, я его с горы видел; назад надо, да влево в гору. Тут лес должен быть.

А Костылин говорит:

– Подожди хоть немножко, дай вздохнуть, – у меня ноги в крови все.

– Э, брат, заживут; ты легче прыгай. Вот как!

И побежал Жилин назад, влево в гору, в лес. Костылин все отстает и охает. Жилин шикнет-шикнет на него, а сам все идет.

Поднялись на гору. Так и есть – лес. Вошли в лес, – по колючкам изодрали все платье последнее. Напались на дорожку в лесу. Идут.

– Стой! – Затопало копытами по дороге. Остановились, слушают. Потопало, как лошадь, и остановилось. Тронулись они – опять затопало. Они остановятся – и оно остановится. Подполз Жилин, смотрит на свет по дороге – стоит что-то. Лошадь не лошадь, и на лошади что-то чудное, на человека не похоже. Фыркнуло – слышит. «Что за чудо!» Свистнул Жилин потихоньку, – как шаркнет с дороги в лес и затрещало по лесу, точно буря летит, сучья ломает.

Костылин так и упал со страху. А Жилин смеется, говорит:

– Это олень. Слышишь – как рогами лес ломит? Мы его боимся, а он нас боится.

Пошли дальше. Уж высожары спускаться стали, до утра недалеко. А туда ли идут, нет ли, – не знают. Думается так Жилину, что по этой самой дороге его везли и что до своих – верст десять еще будет; а приметы верной нет, да и ночь – не разберешь. Вышли на полянку. Костылин сел и говорит:

– Как хочешь, а я не дойду, – у меня ноги не идут.

Стал его Жилин уговаривать.

– Нет, – говорит, – не дойду, не могу.

Рассердился Жилин, плюнул, обругал его.

– Так я же один уйду, – прощай!

Костылин вскочил, пошел. Прошли они версты четыре. Туман в лесу еще гуще сел, ничего не видать перед собой, и звезды уж чуть видны.

Вдруг слышат, впереди топает лошадь. Слышно – подковами за камни цепляется. Лег Жилин на брюхо, стал по земле слушать.

– Так и есть, – сюда, к нам конный едет.

Сбежали они с дороги, сели в кусты и ждут. Жилин подполз к дороге, смотрит – верховой татарин едет, корову гонит, сам себе под нос мурлычет что-то. Проехал татарин. Жилин вернулся к Костылину.

– Ну, пронес Бог, – вставай, пойдем.

Стал Костылин вставать и упал.

– Не могу, – ей-богу, не могу; сил моих нет.

Мужчина грузный, пухлый, запотел; да как обхватило его в лесу туманом холодным, да ноги ободраны, – он и рассолодел. Стал его Жилин силой поднимать. Как закричит Костылин:

– Ой, больно!

Жилин так и обмер.

– Что кричишь? Ведь татарин близко – услышит. – А сам думает: «Он и вправду расслаб; что мне с ним делать? Бросить товарища не годится».

– Ну, – говорит, – вставай, садись на закорки, снесу, коли уж идти не можешь.

Подсадил на себя Костылина, подхватил руками под ляжки, вышел на дорогу, поволок.

– Только, – говорит, – не дави ты меня руками за глотку, ради Христа. За плечи держись.

Тяжело Жилину, – ноги тоже в крови и уморился. Нагнется, подправит, подкинет, чтоб повыше сидел на нем Костылин, тащит его по дороге.

Видно, услыхал татарин, как Костылин закричал. Слышит Жилин, едет кто-то сзади, кличет по-своему... Бросился Жилин в кусты. Татарин выхватил ружье, выпалил, – не попал, завизжал по-своему и поскакал прочь по дороге.

– Ну, – говорит Жилин, – пропали, брат! Он, собака, сейчас соберет татар за нами в погоню. Коли не уйдем версты три, – пропали. – А сам думает на Костылина: «И черт меня дернул колоду эту с собой брать. Один я бы давно ушел».

Костылин говорит:

– Иди один, за что тебе из-за меня пропадать.

– Нет, не пойду, не годится товарища бросать.

Подхватил опять на плечи, попер. Прошел он так с вёрсту. Все лес идет и не видать выхода. А туман уж расходиться стал, и как будто тучки заходить стали, не видать уж звезд. Измучился Жилин.

Пришел, у дороги родничок, камнем обделан. Остановился, ссадил Костылина.

– Дай, – говорит, – отдохну, напьюсь. Лепешек поедим. Должно быть, недалеко.

Только прилег он пить, слышит – затопало сзади. Опять кинулись вправо, в кусты, под кручь, и легли.

Слышат голоса татарские; остановились татары на том самом месте, где они с дороги свернули. Поговорили, потом зауськали, как собак притравляют. Слышат – трещит что-то по кустам, прямо к ним собака чужая чья-то. Остановилась, забрехала.

Лезут и татары – тоже чужие; схватили их, посвязали, посадили на лошадей, повезли.

Проехали версты три, – встречает их Абдул-хозяин с двумя татарами. Поговорил что-то с татарами, пересадили на своих лошадей, повезли назад в аул.

Абдул уж не смеется и ни слова не говорит с ними.

Привезли на рассвете в аул, посадили на улице. Сбежались ребята. Камнями, плетками бьют их, визжат.

Собрались татары в кружок, и старик из-под горы пришел. Стали говорить. Слышит Жилин, что судят про них, что с ними делать. Одни говорят: надо их дальше в горы услать, а старик говорит: «надо убить». Абдул спорит, говорит: «я за них деньги отдал, я за них выкуп возьму». А старик говорит: «ничего они не заплатят, только беды наделают. И грех русских кормить. Убить, – и кончено».

Разошлись. Подошел хозяин к Жилину, стал ему говорить:

– Если, – говорит, – мне не пришлют за вас выкуп, я через две недели вас запорю. А если затеешь опять бежать, – я тебя как собаку убью. Пиши письмо, хорошенько пиши!

Принесли им бумаги, написали они письма. Набили на них колодки, отвели за мечеть. Там яма была аршин пяти, и спустили их в эту яму.

6

Житье им стало совсем дурное. Колодки не снимали и не выпускали на вольный свет. Кидали им туда тесто непеченое, как собакам, да в кувшине воду спускали. Вонь в яме, духота, мокрота. Костылин совсем разболелся, распух, и ломота во всем теле стала; и все стонет или спит. И Жилин приуныл, видит – дело плохо. И не знает, как выдраться.

Начал он было подкапываться, да землю некуда кидать; увидал хозяин, пригрозил убить.

Сидит он раз в яме на корточках, думает об вольном житье, и скучно ему. Вдруг прямо ему на коленки лепешка упала, другая, и черешни посыпались. Поглядел кверху, а там Дина. Поглядела на него, посмеялась и убежала. Жилин и думает: «не поможет ли Дина?»

Расчистил он в яме местечко, наковырял глины, стал лепить кукол. Наделал людей, лошадей, собак, думает: «как придет Дина, брошу ей».

Только на другой день нет Дины. А слышит Жилин – затопали лошади, проехали какие-то, и собрались татары у мечети, спорят, кричат и поминают про русских. И слышит голос старика. Хорошенько не разобрал он, а догадывается, что русские близко подошли, и боятся татары, как бы в аул не зашли, и не знают, что с пленными делать.

Поговорили и ушли. Вдруг слышит – зашуршало что-то наверху. Видит: Дина присела на корточки, коленки выше головы торчат, свесилась, монисты висят, болтаются над ямой. Глазенки так и блестят, как звездочки; вынула из рукава две сырные лепешки, бросила ему. Жилин взял и говорит:

– Что давно не бывала? А я тебе игрушек наделал. На вот! – Стал ей швырять по одной. А она головой мотает, не смотрит.

– Не надо, – говорит. Помолчала, посидела и говорит: – Иван! тебя убить хотят. – Сама себе рукой на шею показывает.

– Кто убить хочет?

– Отец, ему старики велят. А мне тебя жалко.

Жилин и говорит:

– А коли тебе меня жалко, так ты мне палку длинную принеси.

Она головой мотает, – что «нельзя». Он сложил руки, молится ей:

– Дина, пожалуйста! Динушка, принеси!

– Нельзя, – говорит, – увидят, все дома, – и ушла.

Вот сидит вечером Жилин и думает: «что будет?» Все поглядывает вверх. Звезды видны, а месяц еще не всходил. Мулла прокричал, затихло все. Стал уже Жилин дремать, думает: «побоится девка».

Вдруг на голову ему глина посыпалась; глянул кверху – шест длинный в тот край ямы тыкается. Потыкался, спускаться стал, ползет в яму. Обрадовался Жилин, схватил рукой, спустил – шест здоровый. Он еще прежде этот шест на хозяйской крыше видел.

Поглядел вверх, – звезды высоко на небе блестят; и над самою ямой, как у кошки, у Дины глаза в темноте светятся. Нагнулась она лицом на край ямы и шепчет: «Иван, Иван!» – а сама руками у лица все машет, – что «тише, мол».

– Что? – говорит Жилин.

– Уехали все, только двое дома.

Жилин и говорит:

– Ну, Костылин, пойдем, попытаемся последний раз; я тебя подсажу.

Костылин и слушать не хочет.

– Нет, – говорит, – уж мне, видно, отсюда не выйти. Куда я пойду, когда и поворотиться нет сил.

– Ну, так прощай, – не поминай лихом. – Поцеловался с Косты л иным.

Ухватился за шест, велел Дине держать, полез. Раза два он обрывался, – колодка мешала. Поддержал его Костылин, – выбрался кое-как наверх. Дина его тянет ручонками за рубаху, изо всех сил, сама смеется.

Взял Жилин шест и говорит:

– Снеси на место, Дина, а то хватятся, – прибьют тебя.

Потащила она шест, а Жилин под гору пошел. Слез под кручь, взял камень вострый, стал замок с колодки выворачивать. А замок крепкий, – никак не собьет, да и неловко. Слышит, бежит кто-то с горы, легко попрыгивает. Думает: «верно, опять Дина». Прибежала Дина, взяла камень и говорит:

– Дай я.

Села на коленочки, начала выворачивать. Да ручонки тонкие, как прутики, – ничего силы нет. Бросила камень, заплакала. Принялся опять Жилин за замок, а Дина села подле него на корточках, за плечо его держит. Оглянулся Жилин, видит – налево за горой зарево красное загорелось, месяц встает. «Ну, – думает, – до месяца надо лощину пройти, до лесу добраться». Поднялся, бросил камень. Хоть в колодке, – да надо идти.

– Прощай, – говорит, – Динушка. Век тебя помнить буду.

Ухватилась за него Дина: шарит по нем руками, ищет – куда бы лепешки ему засунуть. Взял он лепешки.

– Спасибо, – говорит, – умница. Кто тебе без меня кукол делать будет? – И погладил ее по голове.

Как заплачет Дина, закрылась руками, побежала на гору, как козочка прыгает. Только в темноте слышно – монисты в косе по спине побрякивают.

Перекрестился Жилин, подхватил рукой замок на колодке, чтобы не бренчал, пошел по дороге, – ногу волочит, а сам все на зарево поглядывает, где месяц встает. Дорогу он узнал. Прямиком идти верст восемь. Только бы до лесу дойти прежде, чем месяц совсем выйдет. Перешел он речку, – побелел уже свет за горой. Пошел лощиной, идет, сам поглядывает: не видать еще месяца. Уж зарево посветлело и с одной стороны лощины все светлее, светлее становится. Ползет под гору тень, все к нему приближается.

Идет Жилин, все тени держится. Он спешит, а месяц еще скорее выбирается; уж и направо засветились макушки. Стал подходить к лесу, выбрался месяц из-за гор, – бело, светло совсем, как днем. На деревах все листочки видны. Тихо, светло по горам, как вымерло все. Только слышно – внизу речка журчит.

Дошел до лесу – никто не попался. Выбрал Жилин местечко в лесу потемнее, сел отдыхать.

Отдохнул, лепешку съел. Нашел камень, принялся опять колодку сбивать. Все руки избил, а не сбил. Поднялся, пошел по дороге. Прошел с версту, выбился из сил, – ноги ломит. Ступит шагов десять и остановится. «Нечего делать, – думает, – буду тащиться, пока сила есть. А если сесть, так и не встану. До крепости мне не дойти, а как рассветет, – лягу в лесу, переднюю, а ночью опять пойду».

Всю ночь шел. Только попались два татарина верхами, да Жилин издалека их услыхал, схоронился за дерево.

Уж стал месяц бледнеть, роса пала, близко к свету, а Жилин до края леса не дошел. «Ну, – думает, – еще тридцать шагов пройду, сверну в лес и сяду». Прошел тридцать шагов, видит, лес кончается. Вышел на край – совсем светло, как на ладонке перед ним степь и крепость, и налево, близехонько под горой, огни горят, тухнут, дым стелется и люди у костров.

Вгляделся – видит: ружья блестят, казаки, солдаты. Обрадовался Жилин, собрался с последними силами, пошел под гору. А сам думает: «избави Бог, тут, в чистом поле, увидит конный татарин; хоть близко, а не уйдешь».

Только подумал – глядь: налево, на бугре, стоят трое татар, десятины на две. Увидали его, – пустились к нему. Так сердце у него и оборвалось. Замахал руками, закричал что было духу своим:

– Братцы! выручай! братцы!

Услыхали наши, – выскочили казаки верховые. Пустились к нему наперерез татарам.

Казакам далеко, а татарам близко. Да уж и Жилин собрался с последней силой, подхватил рукой колодку, бежит к казакам, а сам себя не помнит, крестится и кричит:

– Братцы! братцы! братцы!

Казаков человек пятнадцать было.

Испугались татары – не доезжаючи, стали останавливаться. И подбежал Жилин к казакам.

Окружили его казаки, спрашивают: «кто он, что за человек, откуда?» А Жилин сам себя не помнит, плачет и приговаривает:

– Братцы! Братцы!

Выбежали солдаты, обступили Жилина; кто ему хлеба, кто каши, кто водки, кто шинелью прикрывает, кто колодку разбивает.

Узнали его офицеры, повезли в крепость. Обрадовались солдаты, товарищи собрались к Жилину.

Рассказал Жилин, как с ним все дело было, и говорит:

– Вот я и домой съездил, женился! Нет, уж, видно, не судьба моя.

И остался служить на Кавказе. А Костылина только еще через месяц выкупили за пять тысяч. Еле живого привезли.

ХАДЖИ-МУРАТ

Я возвращался домой полями. Была самая середина лета. Луга убрали и только что собирались косить рожь.

Есть прелестный подбор цветов этого времени года: красные, белые, розовые, душистые, пушистые кашки; наглые маргаритки; молочно-белые с ярко-желтой серединой «любишь-не-любишь» с своей прелой пряной вонью; желтая сурепка с своим медовым запахом; высоко стоящие лиловые и белые тюльпановидные колокольчики; ползучие горошки; желтые, красные, розовые, лиловые, аккуратные скабиозы; с чуть розовым пухом и чуть слышным приятным запахом подорожник; васильки, ярко-синие на солнце и в молодости и голубые и краснеющие вечером и под старость; и нежные, с миндальным запахом, тотчас же вянущие, цветы повилики.

Я набрал большой букет разных цветов и шел домой, когда заметил в канаве чудный малиновый, в полном цвету, репей того сорта, который у нас называется «татарином» и который старательно окашивают, а когда он нечаянно скошен, выкидывают из сена покосники, чтобы не колоть на него рук. Мне вздумалось сорвать этот репей и положить его в середину букета. Я слез в канаву и, согнав впившегося в середину цветка и сладко и вяло заснувшего там мохнатого шмеля, принялся срывать цветок. Но это было очень трудно: мало того что стебель кололся со всех сторон, даже через платок, которым я завернул руку, – он был так страшно крепок, что я бился с ним минут пять, по одному разрывая волокна. Когда я, наконец, оторвал цветок, стебель уже был весь в лохмотьях, да и цветок уже не казался так свеж и красив. Кроме того, он по своей грубости и аляповатости не подходил к нежным цветам букета. Я пожалел, что напрасно погубил цветок, который был хорош в своем месте, и бросил его. «Какая, однако, энергия и сила жизни, – подумал я, вспоминая те усилия, с которыми я отрывал цветок. – Как он усиленно защищал и дорого продал свою жизнь».

Дорога к дому шла паровым, только что вспаханным черноземным полем. Я шел наизволок по пыльной черноземной дороге. Вспаханное поле было помещичье, очень большое, так что с обеих сторон дороги и вперед в гору ничего не было видно, кроме черного, ровно взбороздденного, еще не скороженного пара. Пахота была хорошая, и нигде по полю не виднелось ни одного растения, ни одной травки, – все было черно. «Экое разрушительное, жестокое существо человек, сколько уничтожил разнообразных живых существ, растений для поддержания своей жизни», – думал я, невольно отыскивая чего-нибудь живого среди этого мертвого черного поля. Впереди меня, вправо от дороги, виднелся какой-то кустик. Когда я подошел ближе, я узнал в кустике такого же «татарина», которого цветок я напрасно сорвал и бросил.

Куст «татарина» состоял из трех отростков. Один был оторван, и, как отрубленная рука, торчал остаток ветки. На других двух было на каждом по цветку. Цветки эти когда-то были красные, теперь же были черные. Один стебель был сломан, и половина его, с грязным цветком на конце, висела книзу; другой, хотя и вымазанный черноземной грязью, все еще торчал кверху. Видно было, что весь кустик был переехан колесом и уже после поднялся и потому стоял боком, но все-таки стоял. Точно вырвали у него кусок тела, вывернули внутренности, оторвали руку, выкололи глаз. Но он все стоит и не сдается человеку, уничтожившему всех его братий кругом его.

«Экая энергия! – подумал я. – Все победил человек, миллионы трав уничтожил, а этот все не сдается».

И мне вспомнилась одна давнишняя кавказская история, часть которой я видел, часть слышал от очевидцев, а часть вообразил себе.

История эта, так, как она сложилась в моем воспоминании и воображении, вот какая.

I

Это было в конце 1851-го года.

В холодный ноябрьский вечер Хаджи-Мурат въезжал в курившийся душистым кизячным дымом чеченский немирной аул Махкет.

Только что затихло напряженное пение муэдзина, и в чистом горном воздухе, пропитанном запахом кизячного дыма, отчетливо слышны были из-за мычания коров и блеяния овец, разбиравшихся по тесно, как соты, слепленным друг с другом саклям аула, гортанные звуки спорящих мужских голосов и женские и детские голоса снизу от фонтана.

Хаджи-Мурат этот был знаменитый своими подвигами наиб Шамиля, не выезжавший иначе, как с своим значком в сопровождении десятков мюридов, джигитовавших вокруг него. Теперь, закутанный в башлык и бурку, из-под которой торчала винтовка, он ехал с одним мюридом, стараясь быть как можно меньше замеченным, осторожно вглядываясь своими быстрыми черными глазами в лица попадавшихся ему по дороге жителей.

Въехав в середину аула, Хаджи-Мурат поехал не по улице, ведшей к площади, а повернул влево, в узенький проулочек. Подъехав ко второй в проулочке, врытой в полугоре сакле, он остановился, оглядываясь. Под навесом перед саклей никого не было, на крыше же за свежесмазанной глиняной трубой лежал человек, укрытый тулупом. Хаджи-Мурат тронул лежавшего на крыше человека слегка рукояткой плетки и цокнул языком. Из-под тулупа поднялся старик в ночной шапке и лоснящемся, рваном бешмете. Глаза старика, без ресниц, были красны и влажны, и он, чтобы разлепить их, мигал ими. Хаджи-Мурат проговорил обычное: «Селям алейкум», – и открыл лицо.

– Алейкум селям, – улыбаясь беззубым ртом, проговорил старик, узнав Хаджи-Мурата, и, поднявшись на свои худые ноги, стал попадать ими в стоявшие подле трубы туфли с деревянными каблуками. Обувшись, он не торопясь надел в рукава нагольный сморщенный тулуп и полез задом вниз по лестнице, приставленной к крыше. И одеваясь и слезая, старик покачивал головой на тонкой сморщенной, загорелой шее и не переставая шамкал беззубым ртом. Сойдя на землю, он гостеприимно взялся за повод лошади Хаджи-Мурата и правое стремя. Но быстро слезший с своей лошади ловкий, сильный мюрид Хаджи-Мурата, отстранив старика, заменил его.

Хаджи-Мурат слез с лошади и, слегка прихрамывая, вошел под навес. Навстречу ему из двери быстро вышел лет пятнадцати мальчик и удивленно уставился черными, как спелая смородина, блестящими глазами на приехавших.

– Беги в мечеть, зови отца, – приказал ему старик и, опередив Хаджи-Мурата, отворил ему легкую скрипнувшую дверь в саклю. В то время как Хаджи-Мурат входил, из внутренней двери вышла немолодая, тонкая, худая женщина, в красном бешмете на желтой рубахе и синих шароварах, неся подушки.

– Приход твой к счастью, – сказала она и, перегнувшись вдвое, стала раскладывать подушки у передней стены для сидения гостя.

– Сыновья твои да чтобы живы были, – ответил Хаджи-Мурат, сняв с себя бурку, винтовку и шашку, и отдал их старику.

Старик осторожно повесил на гвозди винтовку и шашку подле висевшего оружия хозяина, между двумя большими тазами, блестевшими на гладко вымазанной и чисто выбеленной стене.

Хаджи-Мурат, оправив на себе пистолет за спиною, подошел к разложенным женщиной подушкам и, запахивая черкеску, сел на них. Старик сел против него на свои голые пятки и, закрыв глаза, поднял руки ладонями кверху. Хаджи-Мурат сделал то же. Потом они оба, прочтя молитву, огладили себе руками лица, соединив их в конце бороды.

– Не хабар? – спросил Хаджи-Мурат старика, то есть: «что нового?»

– Хабар иок – «нет нового», – отвечал старик, глядя не в лицо, а на грудь Хаджи-Мурата своими красными безжизненными глазами. – Я на пчельнике живу, нынче только пришел сына проведать. Он знает.

Хаджи-Мурат понял, что старик не хочет говорить того, что знает и что нужно было знать Хаджи-Мурату, и, слегка кивнув головой, не стал больше спрашивать.

– Хорошего нового ничего нет, – заговорил старик. – Только и нового, что всё зайцы совещаются, как им орлов прогнать. А орлы всё рвут то одного, то другого. На прошлой неделе русские собаки у мичицких сено сожгли, раздерись их лицо, – злобно прохрипел старик.

Вошел мюрид Хаджи-Мурата и, мягко ступая большими шагами своих сильных ног по земляному полу, так же как Хаджи-Мурат, снял бурку, винтовку и шашку и, оставив на себе только кинжал и пистолет, сам повесил их на те же гвозди, на которых висело оружие Хаджи-Мурата.

– Он кто? – спросил старик у Хаджи-Мурата, указывая на вошедшего.

– Мюрид мой. Элдар имя ему, – сказал Хаджи-Мурат.

– Хорошо, – сказал старик и указал Элдару место на войлоке, подле Хаджи-Мурата.

Элдар сел, скрестив ноги, и молча уставился своими красивыми бараньими глазами на лицо разговорившегося старика. Старик рассказывал, как ихние молодцы на прошлой неделе поймали двух солдат: одного убили, а другого послали в Ведено к Шамилю. Хаджи-Мурат рассеянно слушал, поглядывая на дверь и прислушиваясь к наружным звукам. Под навесом перед саклей послышались шаги, дверь скрипнула, и вошел хозяин.

Хозяин сакли, Садо, был человек лет сорока, с маленькой бородкой, длинным носом и такими же черными, хотя и не столь блестящими глазами, как у пятнадцатилетнего мальчика, его сына, который бегал за ним и вместе с отцом вошел в саклю и сел у двери. Сняв у двери деревянные башмаки, хозяин сдвинул на затылок давно не бритой, зарастающей черным волосом головы старую, истертую папаху и тотчас же сел против Хаджи-Мурата на корточки.

Так же как и старик, он, закрыв глаза, поднял руки ладонями кверху, прочел молитву, отер руками лицо и только тогда начал говорить. Он сказал, что от Шамиля был приказ задержать Хаджи-Мурата, живого или мертвого, что вчера только уехали посланные Шамиля, и что народ боится ослушаться Шамиля, и что поэтому надо быть осторожным.

– У меня в доме, – сказал Садо, – моему кунаку, пока я жив, никто ничего не сделает. А вот в поле как? Думать надо.

Хаджи-Мурат внимательно слушал и одобрительно кивал головой. Когда Садо кончил, он сказал:

– Хорошо. Теперь надо послать к русским человека с письмом. Мой мюрид пойдет, только проводника надо.

– Брата Бату пошлю, – сказал Садо. – Позови Бату, – обратился он к сыну.

Мальчик, как на пружинах, вскочил на резвые ноги и быстро, махая руками, вышел из сакли. Минут через десять он вернулся с черно-загорелым, жилистым, коротконогим чеченцем в разлезающейся желтой черкеске с оборванными бахромой рукавами и спущенных черных ноговицах. Хаджи-Мурат поздоровался с вновь пришедшим и тотчас же, также не теряя лишних слов, коротко сказал:

– Можешь свести моего мюрида к русским?

– Можно, – быстро, весело заговорил Бата. – Все можно. Против меня ни один чеченец не сумеет пройти. А то другой пойдет, все пообещает, да ничего не сделает. А я могу.

– Ладно, – сказал Хаджи-Мурат. – За труды получишь три, – сказал он, выставляя три пальца.

Бата кивнул головой в знак того, что он понял, но прибавил, что ему дороги не деньги, а он из чести готов служить Хаджи-Мурату. Все в горах знают Хаджи-Мурата, как он русских свиней бил…

– Хорошо, – сказал Хаджи-Мурат. – Веревка хороша длинная, а речь короткая.

– Ну, молчать буду, – сказал Бата.

– Где Аргун заворачивает, против кручи, поляна в лесу, два стога стоят. Знаешь?

– Знаю.

– Там мои три конные меня ждут, – сказал Хаджи-Мурат.

– Айя![1] – кивая головой, говорил Бата.

– Спросишь Хан-Магому. Хан-Магома знает, что делать и что говорить. Его свести к русскому начальнику, к Воронцову, князю. Можешь?

– Сведу.

– Свести и назад привести. Можешь?

– Можно.

– Сведешь, вернешься в лес. И я там буду.

– Все сделаю, – сказал Бата, поднялся и, приложив руки к груди, вышел.

– Еще человека в Гехи послать надо, – сказал Хаджи-Мурат хозяину, когда Бата вышел. – В Гехах надо вот что, – начал было он, взявшись за один из хозырей черкески, но тотчас же опустил руку и замолчал, увидав входивших в саклю двух женщин.

Одна была жена Садо, та самая немолодая, худая женщина, которая укладывала подушки. Другая была совсем молодая девочка в красных шароварах и зеленом бешмете с закрывавшей всю грудь занавеской из серебряных монет. На конце ее не длинной, но толстой, жесткой черной косы, лежавшей между плеч худой спины, был

[1] Да! (*тюрк.*)

привешен серебряный рубль; такие же черные, смородинные глаза, как у отца и брата, весело блестели в молодом, старавшемся быть строгим лице. Она не смотрела на гостей, но видно было, что чувствовала их присутствие.

Жена Садо несла низкий круглый столик, на котором были чай, пильгиши[1], блины в масле, сыр, чурёк – тонко раскатанный хлеб – и мед. Девочка несла таз, кумган и полотенце.

Садо и Хаджи-Мурат – оба молчали во все время, пока женщины, тихо двигаясь в своих красных бесподошвенных чувяках, устанавливали принесенное перед гостями. Элдар же, устремив свои бараньи глаза на скрещенные ноги, был неподвижен, как статуя, во все то время, пока женщины были в сакле. Только когда женщины вышли и совершенно затихли за дверью их мягкие шаги, Элдар облегченно вздохнул, а Хаджи-Мурат достал один из хозырей черкески, вынул из него пулю, затыкающую его, и из-под пули свернутую трубочкой записку.

– Сыну отдать, – сказал он, показывая записку.

– Куда ответ? – спросил Садо.

– Тебе, а ты мне доставишь.

– Будет сделано, – сказал Садо и переложил записку в хозырь своей черкески. Потом, взяв в руки кумган, он придвинул к Хаджи-Мурату таз. Хаджи-Мурат засучил рукава бешмета на мускулистых, белых выше кистей руках и подставил их под струю холодной прозрачной воды, которую лил из кумгана Садо. Вытерев руки чистым суровым полотенцем, Хаджи-Мурат подвинулся к еде. То же сделал и Элдар. Пока гости ели, Садо сидел против них и несколько раз благодарил за посещение. Сидевший у двери мальчик, не спуская

---

[1] Пильгиши – пельмени или клецки с начинкой (*тюрк.*).

своих блестящих черных глаз с Хаджи-Мурата, улыбался, как бы подтверждая своей улыбкой слова отца.

Несмотря на то, что Хаджи-Мурат более суток ничего не ел, он съел только немного хлеба, сыра и, достав из-под кинжала ножичек, набрал меду и намазал его на хлеб.

– Наш мед хороший. Нынешний год из всех годов мед: и много и хорош, – сказал старик, видимо довольный тем, что Хаджи-Мурат ел его мед.

– Спасибо, – сказал Хаджи-Мурат и отстранился от еды.

Элдару хотелось еще есть, но он так же, как его мюршид, отодвинулся от стола и подал Хаджи-Мурату таз и кумган.

Садо знал, что, принимая Хаджи-Мурата, он рисковал жизнью, так как после ссоры Шамиля с Хаджи-Муратом было объявлено всем жителям Чечни, под угрозой казни, не принимать Хаджи-Мурата. Он знал, что жители аула всякую минуту могли узнать про присутствие Хаджи-Мурата в его доме и могли потребовать его выдачи. Но это не только не смущало, но радовало Садо. Садо считал своим долгом защищать гостя – кунака, хотя бы это стоило ему жизни, и он радовался на себя, гордился собой за то, что поступает так, как должно.

– Пока ты в моем доме и голова моя на плечах, никто тебе ничего не сделает, – повторил он Хаджи-Мурату.

Хаджи-Мурат внимательно посмотрел в его блестящие глаза и, поняв, что это была правда, несколько торжественно сказал:

– Да получишь ты радость и жизнь.

Садо молча прижал руку к груди в знак благодарности за доброе слово.

Закрыв ставни сакли и затопив сучья в камине, Садо в особенно веселом и возбужденном состоянии вышел из кунацкой и вошел в то отделение сакли, где жило все его семейство. Женщины еще не спали и говорили об опасных гостях, которые ночевали у них в кунацкой.

II

В эту самую ночь из передовой крепости Воздвиженской, в пятнадцати верстах от аула, в котором ночевал Хаджи-Мурат, вышли из укрепления за Чахгиринские ворота три солдата с унтер-офицером. Солдаты были в полушубках и папахах, с скатанными шинелями через плечо и больших сапогах выше колена, как тогда ходили кавказские солдаты. Солдаты с ружьями на плечах шли сначала по дороге, потом, пройдя шагов пятьсот, свернули с нее и, шурша сапогами по сухим листьям, прошли шагов двадцать вправо и остановились у сломанной чинары, черный ствол которой виднелся и в темноте. К этой чинаре высылался обыкновенно секрет.

Яркие звезды, которые как бы бежали по макушкам дерев, пока солдаты шли лесом, теперь остановились, ярко блестя между оголенных ветвей дерев.

– Спасибо – сухо, – сказал унтер-офицер Панов, снимая с плеча длинное с штыком ружье, и, брякнув им, прислонил его к стволу дерева. Три солдата сделали то же.

– А ведь и есть – потерял, – сердито проворчал Панов, – либо забыл, либо выскочила дорогой.

– Чего ищешь-то? – спросил один из солдат бодрым, веселым голосом.

– Трубку, черт ее знает куда запропала!

– Чубук-то цел? – спросил бодрый голос.

– Чубук – вот он.

– А в землю прямо?

– Ну, где там.

– Это мы наладим живо.

Курить в секрете запрещалось, но секрет этот был почти не секрет, а скорее передовой караул, который высылался затем, чтобы горцы не могли незаметно подвезти, как они это делали прежде, орудие и стрелять по укреплению, и Панов не считал нужным лишать себя курения и потому согласился на предложение веселого солдата. Веселый солдат достал из кармана ножик и стал копать землю. Выкопав ямку, он обгладил ее, приладил к ней чубучок, потом наложил табаку в ямку, прижал его, и трубка была готова. Серничок загорелся, осветив на мгновение скуластое лицо лежавшего на брюхе солдата. В чубуке засвистело, и Панов почуял приятный запах загоревшейся махорки.

– Наладил? – сказал он, поднимаясь на ноги.

– А то как же.

– Эка молодчина Авдеев! Прокурат малый. Ну-ка?

Авдеев отвалился набок, давая место Панову и выпуская дым изо рта.

Накурившись, между солдатами завязался разговор.

– А сказывали, ротный-то опять в ящик залез. Проигрался, вишь, – сказал один из солдат ленивым голосом.

– Отдаст, – сказал Панов.

– Известно, офицер хороший, – подтвердил Авдеев.

– Хороший, хороший, – мрачно продолжал начавший разговор, – а по моему совету, надо роте поговорить с ним: коли взял, так скажи, сколько, когда отдашь.

– Как рота рассудит, – сказал Панов, отрываясь от трубки.

– Известное дело, мир – большой человек, – подтвердил Авдеев.

– Надо, вишь, овса купить да сапоги к весне справить, денежки нужны, а как он их забрал… – настаивал недовольный.

– Говорю, как рота хочет, – повторил Панов. – Не в первый раз: возьмет и отдаст.

В те времена на Кавказе каждая рота заведовала сама через своих выборных всем хозяйством. Она получала деньги от казны по шесть рублей пятьдесят копеек на человека и сама себя продовольствовала: сажала капусту, косила сено, держала свои повозки, щеголяла сытыми ротными лошадьми. Деньги же ротные находились в ящике, ключи от которого были у ротного командира, и случалось часто, что ротный командир брал взаймы из ротного ящика. Так было и теперь, и про это-то и говорили солдаты. Мрачный солдат Никитин хотел потребовать отчет от ротного, а Панов и Авдеев считали, что этого не нужно было.

После Панова покурил и Никитин и, подстелив под себя шинель, сел, прислонясь к дереву. Солдаты затихли. Только слышно было, как ветер шевелил высоко над головами макушки дерев. Вдруг из-за этого неперестающего тихого шелеста послышался вой, визг, плач, хохот шакалов.

– Вишь, проклятые, как заливаются, – сказал Авдеев.

– Это они с тебя смеются, что у тебя рожа набок, – сказал тонкий хохлацкий голос четвертого солдата.

Опять все затихло, только ветер шевелил сучья дерев, то открывая, то закрывая звезды.

– А что, Антоныч, – вдруг спросил веселый Авдеев Панова, – бывает тебе когда скучно?

– Какая же скука? – неохотно отвечал Панов.

– А мне другой раз так-то скучно, так скучно, что, кажись, и сам не знаю, что бы над собою сделал.

– Вишь ты! – сказал Панов.

– Я тогда деньги-то пропил, ведь это все от скуки. Накатило, накатило на меня. Думаю: дай пьян нарежусь.

– А бывает, с вина еще хуже.

– И это было. Да куда денешься?

– Да с чего ж скучаешь-то?

– Я-то? Да по дому скучаю.

– Что ж – богато жили?

– Не то что богачи, а жили справно. Хорошо жили.

И Авдеев стал рассказывать то, что он уже много раз рассказывал тому же Панову.

– Ведь я охотой за брата пошел[1], – рассказывал Авдеев. – У него ребята сам-пят! А меня только женили. Матушка просить стала. Думаю: что мне! Авось попомнят мое добро. Сходил к барину. Барин у нас хороший, говорит: «Молодец! ступай». Так и пошел за брата.

– Что ж, это хорошо, – сказал Панов.

– А вот веришь ли, Антоныч, теперь скучаю. И больше с того и скучаю, что зачем, мол, за брата пошел. Он, мол, теперь царствует, а ты вот мучаешься. И что больше думаю, то хуже. Такой грех, видно.

Авдеев помолчал.

– Аль покурим опять? – спросил Авдеев.

– Ну что ж, налаживай!

Но курить солдатам не пришлось. Только что Авдеев встал и хотел налаживать опять трубку, как из-за шелеста ветра послышались шаги по дороге. Панов взял ружье и толкнул ногой Никитина. Никитин встал на ноги и поднял шинель. Поднялся и третий – Бондаренко.

– А я, братцы, какой сон видел…

Авдеев шикнул на Бондаренку, и солдаты замерли, прислушиваясь. Мягкие шаги людей, обутых не в сапоги, приближались. Все явственнее и явственнее слышалось в темноте хрустение листьев и сухих веток. Потом послышался говор на том особенном, гортанном языке, которым говорят чеченцы. Солдаты теперь не только слышали, но и увидали две тени, проходившие в просвете между деревьями. Одна тень была пониже, другая – повыше. Когда тени поравнялись с солдатами, Панов, с ружьем на руку, вместе с своими двумя товарищами выступил на дорогу.

– Кто идет? – крикнул он.

---

[1] То есть пошел на двадцатипятилетнюю в то время гражданскую службу вместо брата.

– Чечен мирная, – заговорил тот, который был пониже. Это был Бата. – Ружье иок[1], шашка иок, – говорил он, показывая на себя. – Кинезь надо.

Тот, который был повыше, молча стоял подле своего товарища. На нем тоже не было оружия.

– Лазутчик. Значит – к полковому, – сказал Панов, объясняя своим товарищам.

– Кинезь Воронцов крепко надо, большой дело надо, – говорил Бата.

– Ладно, ладно, сведем, – сказал Панов. – Что ж, веди, что ли, ты с Бондаренкой, – обратился он к Авдееву, – а сдашь дежурному, приходи опять. Смотри, – сказал Панов, – осторожней, впереди себя вели идти. А то ведь эти гололобые – ловкачи.

– А что это? – сказал Адеев, сделав движение ружьем с штыком, как будто он закалывает. – Пырну разок – и пар вон.

– Куда ж он годится, коли заколешь, – сказал Бондаренко. – Ну, марш!

Когда затихли шаги двух солдат с лазутчиками, Панов и Никитин вернулись на свое место.

– И черт их носит по ночам! – сказал Никитин.

– Стало быть, нужно, – сказал Панов. – А свежо стало, – прибавил он и, раскатав шинель, надел и сел к дереву.

Часа через два вернулся и Авдеев с Бондаренкой.

– Что же, сдали? – спросил Панов.

– Сдали. А у полкового еще не спят. Прямо к нему свели. А какие эти, братец ты мой, гололобые ребята хорошие, – продолжал Авдеев. – Ей-богу! Я с ними как разговорился.

– Ты, известно, разговоришься, – недовольно сказал Никитин.

---

[1] Нет (*тюрк.*).

– Право, совсем как российские. Один женатый. Марушка, говорю, бар? – Бар, говорит. – Баранчук[1], говорю, бар? – Бар. – Много? – Парочка, говорит. – Так разговорились хорошо. Хорошие ребята.

– Как же, хорошие, – сказал Никитин, – попадись ему только один на один, он тебе требуху выпустит.

– Должно, скоро светать будет, – сказал Панов.

– Да уж звездочки потухать стали, – сказал Авдеев, усаживаясь.

И солдаты опять затихли.

III

В окнах казарм и солдатских домиков давно уже было темно, но в одном из лучших домов крепости светились еще все окна. Дом этот занимал полковой командир Куринского полка, сын главнокомандующего, флигель-адъютант князь Семен Михайлович Воронцов. Воронцов жил с женой, Марьей Васильевной, знаменитой петербургской красавицей, и жил в маленькой кавказской крепости роскошно, как никто никогда не жил здесь. Воронцову, и в особенности его жене, казалось, что они живут здесь не только скромной, но исполненной лишений жизнью; здешних же жителей жизнь эта удивляла своей необыкновенной роскошью.

Теперь, в двенадцать часов ночи, в большой гостиной, с ковром во всю комнату, с опущенными тяжелыми портьерами, за ломберным столом, освещенным четырьмя свечами, сидели хозяева с гостями и играли в карты. Один из играющих был сам хозяин, длиннолицый белокурый полковник с флигель-адъютантскими вензелями и аксельбантами, Воронцов; партнером его был кандидат Петербургского университета, недавно выписанный княгиней Воронцовой учитель для ее маленького сына от первого мужа,

---

[1] Марушка – женщина, жена (*местн.*). Бар – есть (*тюрк.*). Баранчук – ребенок (*разг.*).

лохматый юноша угрюмого вида. Против них играли два офицера: один – широколицый, румяный, перешедший из гвардии, ротный командир Полторацкий, и, очень прямо сидевший, с холодным выражением красивого лица, полковой адъютант. Сама княгиня Марья Васильевна, крупная, большеглазая, чернобровая красавица, сидела подле Полторацкого, касаясь его ног своим кринолином и заглядывая ему в карты. И в ее словах, и в ее взглядах, и улыбке, и во всех движениях ее тела, и в духах, которыми от нее пахло, было то, что доводило Полторацкого до забвения всего, кроме сознания ее близости, и он делал ошибку за ошибкой, все более и более раздражая своего партнера.

– Нет, это невозможно! Опять просолил туза! – весь покраснев, проговорил адъютант, когда Полторацкий скинул туза.

Полторацкий, точно проснувшись, не понимая глядел своими добрыми, широко расставленными черными глазами на недовольного адъютанта.

– Ну простите его! – улыбаясь, сказала Марья Васильевна. – Видите, я вам говорила, – обратилась она к Полторацкому.

– Да вы совсем не то говорили, – улыбаясь, сказал Полторацкий.

– Разве не то? – сказала она и также улыбнулась. И эта ответная улыбка так страшно взволновала и обрадовала Полторацкого, что он багрово покраснел и, схватив карты, стал мешать их.

– Не тебе мешать, – строго сказал адъютант и стал своей белой, с перстнем, рукой сдавать карты, так, как будто он только хотел поскорее избавиться от них.

В гостиную вошел камердинер князя и доложил, что князя требует дежурный.

– Извините, господа, – сказал Воронцов, с английским акцентом говоря по-русски. – Ты за меня, Marie, сядешь.

– Согласны? – спросила княгиня, быстро и легко вставая во весь свой высокий рост, шурша шелком и улыбаясь своей сияющей улыбкой счастливой женщины.

– Я всегда на все согласен, – сказал адъютант, очень довольный тем, что против него играет теперь совершенно не умеющая играть княгиня. Полторацкий же только развел руками, улыбаясь.

Роббер кончался, когда князь вернулся в гостиную. Он пришел особенно веселый и возбужденный.

– Знаете, что я вам предложу?

– Ну?

– Выпьемте шампанского.

– На это я всегда готов, – сказал Полторацкий.

– Что же, это очень приятно, – сказал адъютант.

– Василий! подайте, – сказал князь.

– Зачем тебя звали? – спросила Марья Васильевна.

– Был дежурный и еще один человек.

– Кто? Что? – поспешно спросила Марья Васильевна.

– Не могу сказать, – пожав плечами, сказал Воронцов.

– Не можешь сказать, – повторила Марья Васильевна. – Это мы увидим.

Принесли шампанского. Гости выпили по стакану и, окончив игру и разочтясь, стали прощаться.

– Ваша рота завтра назначена в лес? [1] – спросил князь Полторацкого.

– Моя. А что?

– Так мы увидимся завтра с вами, – сказал князь, слегка улыбаясь.

– Очень рад, – сказал Полторацкий, хорошенько не понимая того, что ему говорил Воронцов, и озабоченный только тем, как он сейчас пожмет большую белую руку Марьи Васильевны.

---

[1] То есть на рубку леса. Во время Кавказской войны русские войска продвигались вперед, прорубая просеки, чтобы предотвратить возможность незаметного приближения противника.

Марья Васильевна, как всегда, не только крепко пожала, но и сильно тряхнула руку Полторацкого. И еще раз напомнив ему его ошибку, когда он пошел с бубен, она улыбнулась ему, как показалось Полторацкому, прелестной, ласковой и значительной улыбкой.

...Полторацкий шел домой в том восторженном настроении, которое могут понимать только люди, как он, выросшие и воспитанные в свете, когда они, после месяцев уединенной военной жизни, вновь встречают женщину из своего прежнего круга. Да еще такую женщину, как княгиня Воронцова.

Подойдя к домику, в котором он жил с товарищем, он толкнул входную дверь, но дверь была заперта. Он стукнул. Дверь не отпиралась. Ему стало досадно, и он стал барабанить в запертую дверь ногой и шашкой. За дверью послышались шаги, и Вавило, крепостной дворовый человек Полторацкого, откинул крючок.

– С чего вздумал запирать?! Болван!

– Да разве можно, Алексей Владимир...

– Опять пьян! Вот я тебе покажу, как можно...

Полторацкий хотел ударить Вавилу, но раздумал.

– Ну, черт с тобой. Свечу зажги.

– Сею минутою.

Вавило был действительно выпивши, а выпил он потому, что был на именинах у каптенармуса. Вернувшись домой, он задумался о своей жизни в сравнении с жизнью Ивана Макеича, каптенармуса. Иван Макеич имел доходы, был женат и надеялся через год выйти в чистую. Вавило же был мальчиком взят в верх, то есть в услужение господам, и вот уже ему было сорок с лишком лет, а он не женился и жил походной жизнью при своем безалаберном барине. Барин был хороший, дрался мало, но какая же это была жизнь! «Обещал дать вольную, когда вернется с Кавказа. Да куда же мне идти с вольной. Собачья жизнь!» – думал Вавило. И ему так захотелось спать, что он, боясь, чтобы кто-нибудь не вошел и не унес что-нибудь, закинул крючок и заснул.

Полторацкий вошел в комнату, где он спал вместе с товарищем Тихоновым.

– Ну что, проигрался? – сказал проснувшийся Тихонов.

– Ан нет, семнадцать рублей выиграл, и клико бутылочку распили.

– И на Марью Васильевну смотрел?

– И на Марью Васильевну смотрел, – повторил Полторацкий.

– Скоро уж вставать, – сказал Тихонов, – и в шесть надо уж выступать.

– Вавило, – крикнул Полторацкий. – Смотри, хорошенько буди меня завтра в пять.

– Как же вас будить, когда вы деретесь.

– Я говорю, чтоб разбудить. Слышал?

– Слушаю.

Вавило ушел, унося сапоги и платье. А Полторацкий лег в постель и, улыбаясь, закурил папироску и потушил свечу. Он в темноте видел перед собою улыбающееся лицо Марьи Васильевны.

У Воронцовых тоже не сейчас заснули. Когда гости ушли, Марья Васильевна подошла к мужу и, остановившись перед ним, строго сказала:

– Eh bien, vous aller me dire ce que c'est?

– Mais, ma chère…

– Pas de «ma chère»! C'est un émissaire, n'est-ce pas?

– Quand même je ne puis pas vous le dire.

– Vous ne pouvez pas? Alors c'est moi qui vais vous le dire!

– Vous?[1]

---

[1] – Ну, ты скажешь мне, в чем дело?

– Но, дорогая…

– При чем тут «дорогая»! Это, конечно, лазутчик?

– Тем не менее я не могу тебе сказать.

– Хаджи-Мурат? да? – сказала княгиня, слыхавшая уже несколько дней о переговорах с Хаджи-Муратом и предполагавшая, что у ее мужа был сам Хаджи-Мурат.

Воронцов не мог отрицать, но разочаровал жену в том, что был не сам Хаджи-Мурат, а только лазутчик, объявивший, что Хаджи-Мурат завтра выедет к нему в то место, где назначена рубка леса.

Среди однообразия жизни в крепости молодые Воронцовы – и муж и жена – были очень рады этому событию. Поговорив о том, как приятно будет это известие его отцу, муж с женой в третьем часу легли спать.

IV

После тех трех бессонных ночей, которые он провел, убегая от высланных против него мюридов Шамиля, Хаджи-Мурат заснул тотчас же, как только Садо вышел из сакли, пожелав ему спокойной ночи. Он спал не раздеваясь, облокотившись на руку, утонувшую локтем в подложенные ему хозяином пуховые красные подушки. Недалеко от него, у стены, спал Элдар. Элдар лежал на спине, раскинув широко свои сильные, молодые члены, так что высокая грудь его с черными хозырями на белой черкеске была выше откинувшейся свежебритой, синей головы, свалившейся с подушки. Оттопыренная, как у детей, с чуть покрывавшим ее пушком верхняя губа его точно прихлебывала, сжимаясь и распускаясь. Он спал так же, как и Хаджи-Мурат: одетый, с пистолетом за поясом и кинжалом. В камине сакли догорали сучья, и в печурке чуть светился ночник.

В середине ночи скрипнула дверь в кунацкой, и Хаджи-Мурат тотчас же поднялся и взялся за пистолет. В комнату, мягко ступая по земляному полу, вошел Садо.

– Не можешь? Ну, так я тебе скажу!

– Ты? (*фр.*)

– Что надо? – спросил Хаджи-Мурат бодро, как будто никогда не спал.

– Думать надо, – сказал Садо, усаживаясь на корточки перед Хаджи-Муратом. – Женщина с крыши видела, как ты ехал, – сказал он, – и рассказала мужу, а теперь весь аул знает. Сейчас прибегала к жене соседка, сказывала, что старики собрались у мечети и хотят остановить тебя.

– Ехать надо, – сказал Хаджи-Мурат.

– Кони готовы, – сказал Садо и быстро вышел из сакли.

– Элдар, – прошептал Хаджи-Мурат, и Элдар, услыхав свое имя и, главное, голос своего мюршида, вскочил на сильные ноги, оправляя папаху. Хаджи-Мурат надел оружие и бурку. Элдар сделал то же. И оба молча вышли из сакли под навес. Черноглазый мальчик подвел лошадей. На стук копыт по убитой дороге улицы чья-то голова высунулась из двери соседней сакли, и, стуча деревянными башмаками, пробежал какой-то человек в гору к мечети.

Месяца не было, но звезды ярко светили в черном небе, и в темноте видны были очертания крыш саклей и больше других здание мечети с минаретом в верхней части аула. От мечети доносился гул голосов.

Хаджи-Мурат, быстро прихватив ружье, вложил ногу в узкое стремя и, беззвучно, незаметно перекинув тело, неслышно сел на высокую подушку седла.

– Бог да воздаст вам! – сказал он, обращаясь к хозяину, отыскивая привычным движением правой ноги другое стремя, и чуть-чуть тронул мальчика, державшего лошадь, плетью, в знак того, чтобы он посторонился. Мальчик посторонился, и лошадь, как будто сама зная, что ей надо делать, бодрым шагом тронулась из проулка на главную дорогу. Элдар ехал сзади; Садо, в шубе, быстро размахивая руками, почти бежал за ними, перебегая то на одну, то на другую сторону узкой улицы. У выезда, через дорогу, показалась движущаяся тень, потом – другая.

– Стой! Кто едет? Остановись! – крикнул голос, и несколько людей загородили дорогу.

Вместо того, чтобы остановиться, Хаджи-Мурат выхватил пистолет из-за пояса и, прибавляя хода, направил лошадь прямо на заграждавших дорогу людей. Стоявшие на дороге люди разошлись, и Хаджи-Мурат, не оглядываясь, большой иноходью пустился вниз по дороге. Элдар большой рысью ехал за ним. Позади их щелкнули два выстрела, просвистели две пули, не задевшие ни его, ни Элдара. Хаджи-Мурат продолжал ехать тем же ходом. Отъехав шагов триста, он остановил слегка запыхавшуюся лошадь и стал прислушиваться. Впереди, внизу, шумела быстрая вода. Сзади слышны были перекликающиеся петухи в ауле. Из-за этих звуков послышался приближающийся лошадиный топот и говор позади Хаджи-Мурата. Хаджи-Мурат тронул лошадь и поехал тем же ровным проездом.

Ехавшие сзади скакали и скоро догнали Хаджи-Мурата. Их было человек двадцать верховых. Это были жители аула, решившие задержать Хаджи-Мурата или по крайней мере, для очистки себя перед Шамилем, сделать вид, что они хотят задержать его. Когда они приблизились настолько, что стали видны в темноте, Хаджи-Мурат остановился, бросив поводья, и, привычным движением левой руки отстегнув чехол винтовки, правой рукой вынул ее. Элдар сделал то же.

– Чего надо? – крикнул Хаджи-Мурат. – Взять хотите? Ну, бери! – И он поднял винтовку. Жители аула остановились.

Хаджи-Мурат, держа винтовку в руке, стал спускаться в лощину. Конные, не приближаясь, ехали за ним. Когда Хаджи-Мурат переехал на другую сторону лощины, ехавшие за ним верховые закричали ему, чтобы он выслушал то, что они хотят сказать. В ответ на это Хаджи-Мурат выстрелил из винтовки и пустил свою лошадь вскачь. Когда он остановил ее, погони за ним уже не слышно было; не слышно было и петухов, а только яснее слышалось в лесу журчание воды и изредка плач филина. Черная стена леса была совсем близко. Это был тот самый лес, в котором дожидались его его мюриды. Подъехав к лесу, Хаджи-Мурат остановился и, забрав много воздуху в легкие, засвистал и потом затих, прислушиваясь. Через минуту такой же свист послышался из леса. Хаджи-Мурат свернул с дороги и поехал в лес. Проехав шагов сто, Хаджи-Мурат увидал сквозь стволы деревьев костер, тени людей, сидевших у огня, и до половины освещенную огнем стреноженную лошадь в седле.

Один из сидевших у костра людей быстро встал и подошел к Хаджи-Мурату, взявшись за повод и за стремя. Это был аварец Ханефи, названый брат Хаджи-Мурата, заведующий его хозяйством.

– Огонь потушить, – сказал Хаджи-Мурат, слезая с лошади.

Люди стали раскидывать костер и топтать горевшие сучья.

– Был здесь Бата? – спросил Хаджи-Мурат, подходя к расстеленной бурке.

– Был, давно ушли с Хан-Магомой.

– По какой дороге пошли?

– По этой, – отвечал Ханефи, указывая на противоположную сторону той, по которой приехал Хаджи-Мурат.

– Ладно, – сказал Хаджи-Мурат и, сняв винтовку, стал заряжать ее. – Поберечься надо, гнались за мной, – сказал он, обращаясь к человеку, тушившему огонь.

Это был чеченец Гамзало. Гамзало подошел к бурке, взял лежавшую на ней в чехле винтовку и молча пошел на край поляны, к тому месту, из которого подъехал Хаджи-Мурат. Элдар, слезши с лошади, взял лошадь Хаджи-Мурата и, высоко подтянув обеим головы, привязал их к деревьям, потом, так же как Гамзало, с винтовкой за плечами стал на другой край поляны. Костер был потушен, и лес не казался уже таким черным, как прежде, и на небе, хотя и слабо, но светились звезды.

Поглядев на звезды, на Стожары, поднявшиеся уже на половину неба, Хаджи-Мурат рассчитал, что было далеко за полночь и что давно уже была пора ночной молитвы. Он спросил у Ханефи кумган, всегда возимый с собой в сумах, и, надев бурку, пошел к воде.

Разувшись и совершив омовение, Хаджи-Мурат стал босыми ногами на бурку, потом сел на икры и, сначала заткнув пальцами уши и закрыв глаза, произнес, обращаясь на восток, обычные молитвы.

Окончив молитву, он вернулся на свое место, где были переметные сумы, и, сев на бурку, облокотил руки на колена и, опустив голову, задумался.

Хаджи-Мурат всегда верил в свое счастие. Затевая что-нибудь, он был вперед твердо уверен в удаче, – и все удавалось ему. Так это было, за редкими исключениями, во все продолжение его бурной военной жизни. Так, он надеялся, что будет и теперь. Он представлял себе, как он с войском, которое даст ему Воронцов, пойдет на Шамиля и захватит его в плен, и отомстит ему, и как русский царь наградит его, и он опять будет управлять не только Аварией, но и всей Чечней, которая покорится ему. С этими мыслями он не заметил, как заснул.

Он видел во сне, как он с своими молодцами, с песнью и криком «Хаджи-Мурат идет», летит на Шамиля и захватывает его с его женами, и слышит, как плачут и рыдают его жены. Он проснулся. Песня «Ля илляха», и крики: «Хаджи-Мурат идет», и плач жен Шамиля – это были вой, плач и хохот шакалов, который разбудил его. Хаджи-Мурат поднял голову, взглянул на светлевшееся уже сквозь стволы дерев небо на востоке и спросил у сидевшего поодаль от него мюрида о Хан-Магоме. Узнав, что Хан-Магома еще не возвращался, Хаджи-Мурат опустил голову и тотчас же опять задремал.

Разбудил его веселый голос Хана-Магомы, возвращавшегося с Батою из своего посольства. Хан-Магома тотчас же подсел к Хаджи-Мурату и стал рассказывать, как солдаты встретили их и проводили к самому князю, как он говорил с самим князем, как князь радовался и обещал утром встретить их там, где русские будут рубить лес, за Мичиком, на Шалинской поляне. Бата перебивал речь своего сотоварища, вставляя свои подробности.

Хаджи-Мурат расспросил подробно о том, какими именно словами отвечал Воронцов на предложение Хаджи-Мурата выйти к русским. И Хан-Магома и Бата в один голос говорили, что князь обещал принять

Хаджи-Мурата как гостя и сделать так, чтобы ему хорошо было. Хаджи-Мурат расспросил еще про дорогу, и когда Хан-Магома заверил его, что он хорошо знает дорогу и прямо приведет туда, Хаджи-Мурат достал деньги и отдал Бате обещанные три рубля; своим же велел достать из переметных сум свое с золотой насечкой оружие и папаху с чалмою, самим же мюридам почиститься, чтобы приехать к русским в хорошем виде. Пока чистили оружие, седла, сбрую и коней, звезды померкли, стало совсем светло, и потянул предрассветный ветерок.

V

Рано утром, еще в темноте, две роты с топорами, под командой Полторацкого, вышли за десять верст за Чахгиринские ворота и, рассыпав цепь стрелков, как только стало светать, принялись за рубку леса. К восьми часам туман, сливавшийся с душистым дымом шипящих и трещащих на кострах сырых сучьев, начал подниматься кверху, и рубившие лес, прежде за пять шагов не видавшие, а только слышавшие друг друга, стали видеть и костры, и заваленную деревьями дорогу, шедшую через лес; солнце то показывалось светлым пятном в тумане, то опять скрывалось. На полянке, поодаль от дороги, сидели на барабанах: Полторацкий с своим субалтерн-офицером Тихоновым, два офицера 3-й роты и бывший кавалергард, разжалованный за дуэль, товарищ Полторацкого по Пажескому корпусу, барон Фрезе. Вокруг барабанов валялись бумажки от закусок, окурки и пустые бутылки. Офицеры выпили водки, закусили и пили портер. Барабанщик откупоривал восьмую бутылку. Полторацкий, несмотря на то, что не выспался, был в том особенном настроении подъема душевных сил и доброго, беззаботного веселья, в котором он чувствовал себя всегда среди своих солдат и товарищей там, где могла быть опасность.

Между офицерами шел оживленный разговор о последней новости, смерти генерала Слепцова. В этой смерти никто не видел того важнейшего в этой жизни момента – окончания ее и возвращения к тому источнику, из которого она вышла, а виделось только молодечество лихого офицера, бросившегося с шашкой на горцев и отчаянно рубившего их.

Хотя все, в особенности побывавшие в делах офицеры, знали и могли знать, что на войне тогда на Кавказе, да и никогда нигде не бывает той рубки врукопашную шашками, которая всегда предполагается и описывается (а если и бывает такая рукопашная шашками и штыками, то рубят и колют всегда только бегущих), эта фикция рукопашной признавалась офицерами и придавала им ту спокойную гордость и веселость, с которой они, одни в молодецких, другие, напротив, в самых скромных позах, сидели на барабанах, курили, пили и шутили, не заботясь о смерти, которая, так же как и Слепцова, могла всякую минуту постигнуть каждого из них. И действительно, как бы в подтверждение их ожидания в середине их разговора влево от дороги послышался бодрящий, красивый звук винтовочного, резко щелкнувшего выстрела, и пулька, весело посвистывая, пролетела где-то в туманном воздухе и щелкнулась в дерево. Несколько грузно-громких выстрелов солдатских ружей ответили на неприятельский выстрел.

– Эге! – крикнул веселым голосом Полторацкий, – ведь это в цепи! Ну, брат Костя, – обратился он к Фрезе, – твое счастие. Иди к роте. Мы сейчас такое устроим сражение, что прелесть! И представление сделаем.

Разжалованный барон вскочил на ноги и быстрым шагом пошел в область дыма, где была его рота. Полторацкому подали его маленького каракового кабардинца, он сел на него и, выстроив роту, повел ее к цепи по направлению выстрелов. Цепь стояла на опушке леса перед спускающейся голой балкой. Ветер тянул на лес, и не только спуск балки, но и та сторона ее были ясно видны.

Когда Полторацкий подъехал к цепи, солнце выглянуло из-за тумана, и на противоположной стороне балки, у другого начинавшегося там мелкого леса, сажен за сто, виднелось несколько всадников. Чеченцы эти были те, которые преследовали Хаджи-Мурата и хотели видеть его приезд к русским. Один из них выстрелил по цепи. Несколько солдат из цепи ответили ему. Чеченцы отъехали назад, и стрельба прекратилась. Но когда Полторацкий подошел с ротой, он велел стрелять, и только что была передана команда, по всей линии цепи послышался непрерывный веселый, бодрящий треск ружей, сопровождаемый красиво расходившимися дымками. Солдаты, радуясь развлечению, торопились заряжать и выпускали заряд за зарядом. Чеченцы, очевидно, почувствовали задор и, выскакивая вперед, один за другим выпустили несколько выстрелов по солдатам. Один из их выстрелов ранил солдата. Солдат этот был тот самый Авдеев, который был в секрете. Когда товарищи подошли к нему, он лежал кверху спиной, держа обеими руками рану в животе, и равномерно покачивался.

– Только стал ружье заряжать, слышу – чикнуло, – говорил солдат, бывший с ним в паре. – Смотрю, а он ружье выпустил.

Авдеев был из роты Полторацкого. Увидев собравшуюся кучку солдат, Полторацкий подъехал к ним.

– Что, брат, попало? – сказал он. – Куда?

Авдеев не отвечал.

– Только стал заряжать, ваше благородие, – заговорил солдат, бывший в паре с Авдеевым, – слышу – чикнуло, смотрю – он ружье выпустил.

– Те-те, – пощелкал языком Полторацкий. – Что же, больно, Авдеев?

– Не больно, а идти не дает. Винца бы, ваше благородие.

Водка, то есть спирт, который пили солдаты на Кавказе, нашелся, и Панов, строго нахмурившись, поднес Авдееву крышку спирта. Авдеев начал пить, но тотчас же отстранил крышку рукой.

– Не принимает душа, – сказал он. – Пей сам.

Панов допил спирт. Авдеев опять попытался подняться и опять сел. Расстелили шинель и положили на нее Авдеева.

– Ваше благородие, полковник едет, – сказал фельдфебель Полторацкому.

– Ну ладно, распорядись ты, – сказал Полторацкий и, взмахнув плетью, поехал большой рысью навстречу Воронцову. Воронцов ехал на своем английском, кровном рыжем жеребце, сопутствуемый адъютантом полка, казаком и чеченцем-переводчиком.

– Что это у вас? – спросил он Полторацкого.

– Да вот выехала партия, напала на цепь, – отвечал ему Полторацкий.

– Ну-ну, и всё вы затеяли.

– Да не я, князь, – улыбаясь, сказал Полторацкий, – сами лезли.

– Я слышал, солдата ранили?

– Да, очень жаль. Солдат хороший.

– Тяжело?

– Кажется, тяжело, – в живот.

– А я, вы знаете, куда еду? – спросил Воронцов.

– Не знаю.

– Неужели не догадываетесь?

– Нет.

– Хаджи-Мурат вышел и сейчас встретит нас.

– Не может быть!

– Вчера лазутчик от него был, – сказал Воронцов, с трудом сдерживая улыбку радости. – Сейчас должен ждать меня на Шалинской поляне; так вы рассыпьте стрелков до поляны и потом приезжайте ко мне.

– Слушаю, – сказал Полторацкий, приложив руку к папахе, и поехал к своей роте. Сам он свел цепь на правую сторону, с левой же стороны велел это сделать фельдфебелю. Раненого между тем четыре солдата унесли в крепость.

Полторацкий уже возвращался к Воронцову, когда увидал сзади себя догоняющих его верховых. Полторацкий остановился и подождал их.

Впереди всех ехал на белогривом коне, в белой черкеске, в чалме на папахе и в отделанном золотом оружии человек внушительного вида. Человек этот был Хаджи-Мурат. Он подъехал к Полторацкому и сказал ему что-то по-татарски. Полторацкий, подняв брови, развел руками в знак того, что не понимает, и улыбнулся. Хаджи-Мурат ответил улыбкой на улыбку, и улыбка эта поразила Полторацкого своим детским добродушием. Полторацкий никак не ожидал видеть таким этого страшного горца. Он ожидал мрачного, сухого, чуждого человека, а перед ним был самый простой человек, улыбавшийся такой доброй улыбкой, что он казался не чужим, а давно знакомым приятелем. Только одно было в нем особенное: это были его широко расставленные глаза, которые внимательно, проницательно и спокойно смотрели в глаза другим людям.

Свита Хаджи-Мурата состояла из четырех человек. Был в этой свите тот Хан-Магома, который нынче ночью ходил к Воронцову. Это был румяный, с черными, без век, яркими глазами, круглолицый человек, сияющий жизнерадостным выражением. Был еще коренастый волосатый человек с сросшимися бровями. Это был тавлинец Ханефи, заведующий всем имуществом Хаджи-Мурата. Он вел с собой заводную лошадь с туго наполненными переметными сумами. Особенно же выделялись из свиты два человека: один – молодой, тонкий, как женщина, в поясе и широкий в плечах, с чуть пробивающейся русой бородкой, красавец с бараньими глазами, – это был Элдар, и другой, кривой на один глаз, без бровей и без ресниц, с рыжей подстриженной бородой и шрамом через нос и лицо, – чеченец Гамзало.

Полторацкий указал Хаджи-Мурату на показавшегося по дороге Воронцова. Хаджи-Мурат направился к нему и, подъехав вплоть, приложил правую руку к груди и сказал что-то по-татарски и остановился. Чеченец-переводчик перевел:

– Отдаюсь, говорит, на волю русского царя, хочу, говорит, послужить ему. Давно хотел, говорит. Шамиль не пускал.

Выслушав переводчика, Воронцов протянул руку в замшевой перчатке Хаджи-Мурату. Хаджи-Мурат взглянул на эту руку, секунду помедлил, но потом крепко сжал ее и еще сказал что-то, глядя то на переводчика, то на Воронцова.

– Он, говорит, ни к кому не хотел выходить, а только к тебе, потому ты сын сардаря. Тебя уважал крепко.

Воронцов кивнул головой в знак того, что благодарит. Хаджи-Мурат еще сказал что-то, указывая на свою свиту.

– Он говорит, что люди эти, его мюриды, будут так же, как и он, служить русским.

Воронцов оглянулся на них, кивнул и им головой.

Веселый, черноглазый, без век, Хан-Магома, также кивая головой, что-то, должно быть, смешное проговорил Воронцову, потому что волосатый аварец оскалил улыбкой ярко-белые зубы. Рыжий же Гамзало только блеснул на мгновение одним своим красным глазом на Воронцова и опять уставился на уши своей лошади.

Когда Воронцов и Хаджи-Мурат, сопутствуемые свитой, проезжали назад к крепости, солдаты, снятые с цепи и собравшиеся кучкой, делали свои замечания:

– Сколько душ загубил, проклятый, теперь, поди, как его ублаготворять будут, – сказал один.

– А то как же. Первый камандер у Шмеля был. Теперь, небось…

– А молодчина, что говорить, джигит.

– А рыжий-то, рыжий, – как зверь, косится.

– Ух, собака, должно быть.

Все особенно заметили рыжего.

Там, где шла рубка, солдаты, бывшие ближе к дороге, выбегали смотреть. Офицер крикнул на них, но Воронцов остановил его.

– Пускай посмотрят своего старого знакомого. Ты знаешь, кто это? – спросил Воронцов у ближе стоявшего солдата, медленно выговаривая слова с своим аглицким акцентом.

– Никак нет, ваше сиятельство.

– Хаджи-Мурат, – слыхал?

– Как не слыхать, ваше сиятельство, били его много раз.

– Ну, да и от него доставалось.

– Так точно, ваше сиятельство, – отвечал солдат, довольный тем, что удалось поговорить с начальником.

Хаджи-Мурат понимал, что говорят про него, и веселая улыбка светилась в его глазах. Воронцов в самом веселом расположении духа вернулся в крепость.

VI

Воронцов был очень доволен тем, что ему, именно ему, удалось выманить и принять главного, могущественнейшего, второго после Шамиля, врага России. Одно было неприятно: командующий войсками в Воздвиженской был генерал Меллер-Закомельский, и, по-настоящему, надо было через него вести все дело. Воронцов же сделал все сам, не донося ему, так что могла выйти неприятность. И эта мысль отравляла немного удовольствие Воронцова.

Подъехав к своему дому, Воронцов поручил полковому адъютанту мюридов Хаджи-Мурата, а сам ввел его к себе в дом.

Княгиня Марья Васильевна, нарядная, улыбающаяся, вместе с сыном, шестилетним красавцем, кудрявым мальчиком, встретила Хаджи-Мурата в гостиной, и Хаджи-Мурат, приложив свои руки к груди, несколько торжественно сказал через переводчика, который вошел с ним, что он считает себя кунаком князя, так как он принял его к себе, а что вся семья кунака так же священна для кунака, как и он сам. И наружность и манеры Хаджи-Мурата понравились Марье Васильевне. То же, что он вспыхнул, покраснел, когда она подала ему свою большую белую руку, еще более расположило ее в его пользу. Она предложила ему сесть и, спросив его, пьет ли он кофей, велела подать. Хаджи-Мурат, однако, отказался от кофея, когда ему подали его. Он немного понимал по-русски, но не мог говорить, и когда не понимал, улыбался, и улыбка его понравилась Марье Васильевне так же, как и Полторацкому. Кудрявый же, востроглазый сынок Марьи Васильевны, которого мать называла Булькой, стоя подле матери, не спускал глаз с Хаджи-Мурата, про которого он слышал как про необыкновенного воина.

Оставив Хаджи-Мурата у жены, Воронцов пошел в канцелярию, чтобы сделать распоряжение об извещении начальства о выходе Хаджи-Мурата. Написав донесение начальнику левого фланга, генералу Козловскому, в Грозную, и письмо отцу, Воронцов поспешил домой, боясь недовольства жены за то, что навязал ей чужого, страшного человека, с которым надо было обходиться так, чтобы и не обидеть и не слишком приласкать. Но страх его был напрасен. Хаджи-Мурат сидел на кресле, держа на колене Бульку, пасынка Воронцова, и, склонив голову, внимательно слушал то, что ему говорил переводчик, передавая слова смеющейся Марьи Васильевны. Марья Васильевна говорила ему, что если он будет отдавать всякому кунаку ту свою вещь, которую кунак этот похвалит, то ему скоро придется ходить как Адаму…

Хаджи-Мурат при входе князя снял с колена удивленного и обиженного этим Бульку и встал, тотчас же переменив игривое выражение лица на строгое и серьезное. Он сел только тогда, когда сел Воронцов. Продолжая разговор, он ответил на слова Марьи Васильевны тем, что такой их закон, что все, что понравилось кунаку, то надо отдать кунаку.

– Твоя сын – кунак, – сказал он по-русски, гладя по курчавым волосам Бульку, влезшего ему опять на колено.

– Он прелестен, твой разбойник, – по-французски сказала Марья Васильевна мужу. – Булька стал любоваться его кинжалом – он подарил его ему.

Булька показал кинжал отчиму.

– C’est un objet de prix[1], – сказала Марья Васильевна.

– Il faudra trouver l’occasion de lui faire cadeau[2], – сказал Воронцов.

Хаджи-Мурат сидел, опустив глаза, и, гладя мальчика по курчавой голове, приговаривал:

– Джигит, джигит.

– Прекрасный кинжал, прекрасный, – сказал Воронцов, вынув до половины отточенный булатный кинжал с дорожкой посередине. – Благодарствуй.

---

[1] Это ценная вещь (*фр.*).

[2] Надо будет найти случай отдарить его (*фр.*).

– Спроси его, чем я могу услужить ему, – сказал Воронцов переводчику.

Переводчик передал, и Хаджи-Мурат тотчас же отвечал, что ему ничего не нужно, но что он просит, чтобы его теперь отвели в место, где бы он мог помолиться. Воронцов позвал камердинера и велел ему исполнить желание Хаджи-Мурата.

Как только Хаджи-Мурат остался один в отведенной ему комнате, лицо его изменилось: исчезло выражение удовольствия и то ласковости, то торжественности, и выступило выражение озабоченности.

Прием, сделанный ему Воронцовым, был гораздо лучше того, что он ожидал. Но чем лучше был этот прием, тем меньше доверял Хаджи-Мурат Воронцову и его офицерам. Он боялся всего: и того, что его схватят, закуют и сошлют в Сибирь или просто убьют, и потому был настороже.

Он спросил у пришедшего Элдара, где поместили мюридов, где лошади и не отобрали ли у них оружие.

Элдар донес, что лошади в княжеской конюшне, людей поместили в сарае, оружие оставили при них и переводчик угащивает их едою и чаем.

Хаджи-Мурат, недоумевая, покачал головой и, раздевшись, стал на молитву. Окончив ее, он велел принести себе серебряный кинжал и, одевшись и подпоясавшись, сел с ногами на тахту, дожидаясь того, что будет.

В пятом часу его позвали обедать к князю. За обедом Хаджи-Мурат ничего не ел, кроме плова, которого он взял себе на тарелку из того самого места, из которого взяла себе Марья Васильевна.

– Он боится, чтобы мы не отравили его, – сказала Марья Васильевна мужу. – Он взял, где я взяла. – И тотчас обратилась к Хаджи-Мурату через переводчика, спрашивая, когда он теперь опять будет молиться. Хаджи-Мурат поднял пять пальцев и показал на солнце.

– Стало быть, скоро.

Воронцов вынул брегет и прижал пружинку, – часы пробили четыре и одну четверть. Хаджи-Мурата, очевидно, удивил этот звон, и он попросил позвонить еще и посмотреть часы.

– Voilà l'occasion. Donnez-lui la montre[1], – сказала Марья Васильевна мужу.

Воронцов тотчас предложил часы Хаджи-Мурату. Хаджи-Мурат приложил руку к груди и взял часы. Несколько раз он нажимал пружинку, слушал и одобрительно покачивал головой.

После обеда князю доложили об адъютанте Меллера-Закомельского.

Адъютант передал князю, что генерал, узнав об выходе Хаджи-Мурата, очень недоволен тем, что ему не было доложено об этом, и что он требует, чтобы Хаджи-Мурат сейчас же был доставлен к нему. Воронцов сказал, что приказание генерала будет исполнено, и, через переводчика передав Хаджи-Мурату требование генерала, попросил его идти вместе с ним к Меллеру.

Марья Васильевна, узнав о том, зачем приходил адъютант, тотчас же поняла, что между ее мужем и генералом может произойти неприятность, и, несмотря на все отговоры мужа, собралась вместе с ним и Хаджи-Муратом к генералу.

– Vous feriez beaucoup mieux de rester; c'est mon affaire, mais pas la vôtre.

– Vous ne pouvez pas m'empêcher d'aller voir madame la générale[2].

– Можно бы в другое время.

– А я хочу теперь.

---

[1] Вот случай. Подари ему часы (*фр.*).

[2] – Ты сделала бы гораздо лучше, если бы осталась; это мое дело, а не твое.

– Ты не можешь препятствовать мне навестить генеральшу (*фр.*).

Делать было нечего. Воронцов согласился, и они пошли все трое.

Когда они вошли, Меллер с мрачной учтивостью проводил Марью Васильевну к жене, адъютанту же велел проводить Хаджи-Мурата в приемную и не выпускать никуда до его приказания.

– Прошу, – сказал он Воронцову, отворяя дверь в кабинет и пропуская в нее князя вперед себя.

Войдя в кабинет, он остановился перед князем и, не прося его сесть, сказал:

– Я здесь воинский начальник, и потому все переговоры с неприятелем должны быть ведены через меня. Почему вы не донесли мне о выходе Хаджи-Мурата?

– Ко мне пришел лазутчик и объявил желание Хаджи-Мурата отдаться мне, – отвечал Воронцов, бледнея от волнения, ожидая грубой выходки разгневанного генерала и вместе с тем заражаясь его гневом.

– Я спрашиваю, почему не донесли мне?

– Я намеревался сделать это, барон, но…

– Я вам не барон, а ваше превосходительство.

И тут вдруг прорвалось долго сдерживаемое раздражение барона. Он высказал все, что давно накипело у него в душе.

– Я не затем двадцать семь лет служу своему государю, чтобы люди, со вчерашнего дня начавшие служить, пользуясь своими родственными связями, у меня под носом распоряжались тем, что их не касается.

– Ваше превосходительство! Я прошу вас не говорить того, что несправедливо, – перебил его Воронцов.

– Я говорю правду и не позволю… – еще раздражительнее заговорил генерал.

В это время, шурша юбками, вошла Марья Васильевна и за ней невысокая скромная дама, жена Меллера-Закомельского.

– Ну, полноте, барон, Simon не хотел вам сделать неприятности, – заговорила Марья Васильевна.

– Я, княгиня, не про то говорю...

– Ну, знаете, лучше оставим это. Знаете: худой спор лучше доброй ссоры. Что я говорю... – Она засмеялась.

И сердитый генерал покорился обворожительной улыбке красавицы. Под усами его мелькнула улыбка.

– Я признаю, что я был неправ, – сказал Воронцов, – но...

– Ну, и я погорячился, – сказал Меллер и подал руку князю.

Мир был установлен, и решено было на время оставить Хаджи-Мурата у Меллера, а потом отослать к начальнику левого фланга.

Хаджи-Мурат сидел рядом в комнате и, хотя не понимал того, что говорили, понял то, что ему нужно было понять: что они спорили о нем, и что его выход от Шамиля есть дело огромной важности для русских, и что поэтому, если только его не сошлют и не убьют, ему много можно будет требовать от них. Кроме того, понял он и то, что Меллер-Закомельский, хотя и начальник, не имеет того значения, которое имеет Воронцов, его подчиненный, и что важен Воронцов, а не важен Меллер-Закомельский; и поэтому, когда Меллер-Закомельский позвал к себе Хаджи-Мурата и стал расспрашивать его, Хаджи-Мурат держал себя гордо и торжественно, говоря, что вышел из гор, чтобы служить белому царю, и что он обо всем даст отчет только его сардарю, то есть главнокомандующему, князю Воронцову, в Тифлисе.

VII

Раненого Авдеева снесли в госпиталь, помещавшийся в небольшом крытом тесом доме на выезде из крепости, и положили в общую палату на одну из пустых коек. В палате было четверо больных: один – метавшийся в жару тифозный, другой – бледный, с синевой под глазами, лихорадочный, дожидавшийся пароксизма и непрестанно зевавший, и еще два раненных в набеге три недели тому назад – один в кисть руки (этот был на ногах), другой в плечо (этот сидел на койке). Все, кроме тифозного, окружили принесенного и расспрашивали принесших.

– Другой раз палят, как горохом осыпают, и – ничего, а тут всего раз пяток выстрелили, – рассказывал один из принесших.

– Кому что назначено!

– Ох, – громко крякнул, сдерживая боль, Авдеев, когда его стали класть на койку. Когда же его положили, он нахмурился и не стонал больше, но только не переставая шевелил ступнями. Он держал рану руками и неподвижно смотрел перед собой.

Пришел доктор и велел перевернуть раненого, чтобы посмотреть, не вышла ли пуля сзади.

– Это что ж? – спросил доктор, указывая на перекрещивающиеся белые рубцы на спине и заду.

– Это старок, ваше высокоблагородие, – кряхтя, проговорил Авдеев.

Это были следы его наказания за пропитые деньги. Авдеева опять перевернули, и доктор долго ковырял зондом в животе и нащупал пулю, но не мог достать ее. Перевязав рану и заклеив ее липким пластырем, доктор ушел. Во все время ковыряния раны и перевязывания ее Авдеев лежал с стиснутыми зубами и закрытыми глазами. Когда же доктор ушел, он открыл глаза и удивленно оглянулся вокруг себя. Глаза его были направлены на больных и фельдшера, но он как будто не видел их, а видел что-то другое, очень удивлявшее его.

Пришли товарищи Авдеева – Панов и Серегин. Авдеев все так же лежал, удивленно глядя перед собою. Он долго не мог узнать товарищей, несмотря на то, что глаза его смотрели прямо на них.

– Ты, Пётра, чего домой приказать не хочешь ли? – сказал Панов.

Авдеев не отвечал, хотя и смотрел в лицо Панову.

– Я говорю, домой приказать не хочешь ли чего? – опять спросил Панов, трогая его за холодную ширококостую руку.

Авдеев как будто очнулся.

– А, Антоныч пришел!

– Да вот пришел. Не прикажешь ли чего домой? Серегин напишет.

– Серегин, – сказал Авдеев, с трудом переводя глаза на Серегина, – напишешь?.. Так вот отпиши: «Сын, мол, ваш Петруха долго жить приказал». Завиствовал брату. Я тебе нонче сказывал. А теперь, значит, сам рад. Не замай[1] живет. Дай Бог ему, я рад. Так и пропиши.

Сказав это, он долго молчал, уставившись глазами на Панова.

– Ну, а трубку нашел? – вдруг спросил он.

Панов покачал головой и не отвечал.

– Трубку, трубку, говорю, нашел? – повторил Авдеев.

– В сумке была.

– То-то. Ну, а теперь свечку мне дайте, я сейчас помирать буду, – сказал Авдеев.

В это время пришел Полторацкий проведать своего солдата.

– Что, брат, плохо? – сказал он.

Авдеев закрыл глаза и отрицательно покачал головой. Скуластое лицо его было бледно и строго. Он ничего не ответил и только опять повторил, обращаясь к Панову:

– Свечку дай. Помирать буду.

Ему дали свечу в руку, но пальцы не сгибались, и ее вложили между пальцев и придерживали. Полторацкий ушел, и пять минут после его ухода фельдшер приложил ухо к сердцу Авдеева и сказал, что он кончился.

Смерть Авдеева в реляции, которая была послана в Тифлис, описывалась следующим образом: «23 ноября две роты Куринского полка выступили из крепости для рубки леса. В середине дня значительное скопище горцев внезапно атаковало рубщиков. Цепь начала отступать, и в это время вторая рота ударила в штыки и

---

[1] Не замай – пусть (от «не замаять» – не трогать, оставить в покое).

опрокинула горцев. В деле легко ранены два рядовых и убит один. Горцы же потеряли около ста человек убитыми и ранеными».

VIII

В тот самый день, когда Петруха Авдеев кончался в Воздвиженском госпитале, его старик отец, жена брата, за которого он пошел в солдаты, и дочь старшего брата, девка-невеста, молотили овес на морозном току. Накануне выпал глубокий снег, и к утру сильно заморозило. Старик проснулся еще с третьими петухами и, увидав в замерзшем окне яркий свет месяца, слез с печи, обулся, надел шубу, шапку и пошел на гумно. Проработав там часа два, старик вернулся в избу и разбудил сына и баб. Когда бабы и девка пришли на гумно, ток был расчищен, деревянная лопата стояла воткнутой в белый сыпучий снег и рядом с нею метла прутьями вверх, и овсяные снопы были разостланы в два ряда, волоть с волотью, длинной веревкой по чистому току. Разобрали цепы и стали молотить, равномерно ладя тремя ударами. Старик крепко бил тяжелым цепом, разбивая солому, девка ровным ударом била сверху, сноха отворачивала.

Месяц зашел, и начинало светать; и уже кончали веревку, когда старший сын, Аким, в полушубке и шапке вышел к работающим.

– Ты чего лодырничаешь? – крикнул на него отец, останавливаясь молотить и опираясь на цеп.

– Лошадей убрать надо же.

– Лошадей убрать, – передразнил отец. – Старуха уберет. Бери цеп. Больно жирен стал. Пьяница!

– Ты, что ли, меня поил? – пробурчал сын.

– Чаго? – нахмурившись и пропуская удар, грозно спросил старик.

Сын молча взял цеп, и работа пошла в четыре цепа: трап, та-па-тап, трап, та-па-тап… Трап! – ударял после трех раз тяжелый цеп старика.

– Загривок-то, глянь, как у барина доброго. Вот у меня так портки не держатся, – проговорил старик, пропуская свой удар и только, чтобы не потерять такту, переворачивая в воздухе цепинкой.

Веревку кончили, и бабы граблями стали снимать солому.

– Дурак Петруха, что за тебя пошел. Из тебя бы в солдатах дурь-то повыбили бы, а он-то дома пятерых таких, как ты, стоил.

– Ну, будет, батюшка, – сказала сноха, откидывая разбитые свясла.

– Да, корми вас сам-шёст, а работы и от одного нету. Петруха, бывало, за двоих один работает, не то что…

По протоптанной из двора тропинке, скрипя по снегу новыми лаптями на туго обвязанных шерстяных онучах, подошла старуха. Мужики сгребали невеяное зерно в ворох, бабы и девка заметали.

– Выборный заходил. На барщину всем кирпич возить, – сказала старуха. – Я завтракать собрала. Идите, что ль.

– Ладно. Чалого запряги и ступай, – сказал старик Акиму. – Да смотри, чтоб не так, как намедни, отвечать за тебя. Попомнишь Петруху.

– Как он был дома, его ругал, – огрызнулся теперь Аким на отца, – а нет его, меня глодаешь.

– Значит, сто́ишь, – так же сердито сказала мать. – Не с Петрухой тебя сменять.

– Ну, ладно! – сказал сын.

– То-то ладно. Муку пропил, а теперь говоришь: ладно.

– Про старые дрожжи поминать дважды, – сказала сноха, и все, положив цепы, пошли к дому.

Нелады между отцом и сыном начались уже давно, почти со времени отдачи Петра в солдаты. Уже тогда старик почувствовал, что он променял кукушку на ястреба. Правда, что по закону, как разумел его старик, надо было бездетному идти за семейного. У Акима было четверо детей, у Петра никого, но работник Петр был такой же, как и отец: ловкий, сметливый, сильный, выносливый и, главное, трудолюбивый. Он всегда работал. Если он проходил мимо работающих, так же как и делывал старик, он тотчас же брался помогать – или пройдет ряда два с косой, или навьет воз, или срубит дерево, или порубит дров. Старик жалел его, но делать было нечего. Солдатство было как смерть. Солдат был отрезанный ломоть, и поминать о нем – душу бередить – незачем было. Только изредка, чтобы уколоть старшего сына, старик, как нынче, вспоминал его. Мать же часто поминала меньшего сына и уже давно, второй год, просила старика, чтобы он послал Петрухе деньжонок. Но старик отмалчивался.

Двор Авдеевых был богатый, и у старика были припрятаны деньжонки, но он ни за что не решился бы тронуть отложенного. Теперь, когда старуха услыхала, что он поминает меньшего сына, она решила опять просить его, чтобы при продаже овса послать сыну хоть рублик. Так она и сделала. Оставшись вдвоем с стариком, после того как молодые ушли на барщину, она уговорила мужа из овсяных денег послать рубль Петрухе. Так что, когда из провеянных ворохов двенадцать четвертей овса были насыпаны на веретья в трое саней и веретья аккуратно зашпилены деревянными шпильками, она дала старику написанное под ее слова дьячком письмо, и старик обещал в городе приложить к письму рубль и послать по адресу.

Старик, одетый в новую шубу и кафтан и в чистых белых шерстяных онучах, взял письмо, уложил его в кошель и, помолившись Богу, сел на передние сани и поехал в город. На задних санях ехал внук. В городе старик велел дворнику прочесть себе письмо и внимательно и одобрительно слушал его.

В письме Петрухиной матери было писано, во-первых, благословение, во-вторых, поклоны всех, известие о смерти крестного и под конец известие о том, что Аксинья (жена Петра) «не захотела с нами жить и пошла в люди. Слышно, что живет хорошо и честно». Упоминалось о гостинце, рубле, и прибавлялось то, что уже прямо от себя, и слово в слово, пригорюнившаяся старуха, со слезами на глазах, велела написать дьяку:

«А еще, милое мое дитятко, голубок ты мой Петрушенька, выплакала я свои глазушки, о тебе сокрушаючись. Солнушко мое ненаглядное, на кого ты меня оставил...» На этом месте старуха завыла, заплакала и сказала:

– Так и будет.

Так и осталось в письме, но Петрухе не суждено было получить ни это известие о том, что жена его ушла из дома, ни рубля, ни последних слов матери. Письмо это и деньги вернулись назад с известием, что Петруха убит на войне, «защищая царя, отечество и веру православную». Так написал военный писарь.

Старуха, получив это известие, повыла, покуда было время, а потом взялась за работу. В первое же воскресенье она пошла в церковь и раздала кусочки просвирок «добрым людям для поминания раба Божия Петра».

Солдатка Аксинья тоже повыла, узнав о смерти «любимого мужа, с которым» она «пожила только один годочек». Она жалела и мужа и всю свою погубленную жизнь. И в своем вытье поминала «и русые кудри Петра Михайловича, и его любовь, и свое горькое житье с сиротой Ванькой», и горько упрекала «Петрушу за то, что он пожалел брата, а не пожалел ее горькую, по чужим людям скитальщицу».

В глубине же души Аксинья была рада смерти Петра. Она была вновь брюхата от приказчика, у которого она жила, и теперь никто уже не мог ругать ее, и приказчик мог взять ее замуж, как он и говорил ей, когда склонял ее к любви.

IX

Воронцов, Михаил Семенович, воспитанный в Англии, сын русского посла, был среди русских высших чиновников человек редкого в то время европейского образования, честолюбивый, мягкий и ласковый в обращении с низшими и тонкий придворный в отношениях с высшими. Он не понимал жизни без власти и без покорности. Он имел все высшие чины и ордена и считался искусным военным, даже победителем Наполеона под Кроаном. Ему в 51-м году было за семьдесят лет, но он еще был совсем свеж, бодро двигался и, главное, вполне обладал всей ловкостью тонкого и приятного ума, направленного на поддержание своей власти и утверждение и распространение своей популярности. Он владел большим богатством – и своим и своей жены, графини Браницкой, – и огромным получаемым содержанием в качестве наместника и тратил большую часть своих средств на устройство дворца и сада на южном берегу Крыма.

Вечером 7 декабря 1851 года к дворцу его в Тифлисе подъехала курьерская тройка. Усталый, весь черный от пыли офицер, привезший от генерала Козловского известие о выходе к русским Хаджи-Мурата, разминая ноги, вошел мимо часовых в широкое крыльцо наместнического дворца. Было шесть часов вечера, и Воронцов шел к обеду, когда ему доложили о приезде курьера. Воронцов принял курьера не откладывая и потому на несколько минут опоздал к обеду. Когда он вошел в гостиную, приглашенные к столу, человек тридцать, сидевшие около княгини Елизаветы Ксаверьевны и стоявшие группами у окон, встали, повернулись лицом к вошедшему. Воронцов был в своем обычном черном военном сюртуке без эполет, с полупогончиками и белым крестом на шее. Лисье бритое лицо его приятно улыбалось, и глаза щурились, оглядывая всех собравшихся.

Войдя мягкими, поспешными шагами в гостиную, он извинился перед дамами за то, что опоздал, поздоровался с мужчинами и подошел к грузинской княгине Манане Орбельяни, сорокапятилетней, восточного склада, полной, высокой красавице, и подал ей руку, чтобы вести ее к столу. Княгиня Елизавета Ксаверьевна сама подала руку приезжему рыжеватому генералу с щетинистыми усами. Грузинский князь подал руку графине Шуазёль, приятельнице княгини. Доктор Андреевский, адъютанты и другие, кто с дамами, кто без дам, пошли вслед за тремя парами. Лакеи в кафтанах, чулках и башмаках отодвигали и придвигали стулья садящимся; метрдотель торжественно разливал дымящийся суп из серебряной миски.

Воронцов сел в середине длинного стола. Напротив его села княгиня, его жена, с генералом. Направо от него была его дама, красавица Орбельяни, налево – стройная, черная, румяная, в блестящих украшениях, княжна-грузинка, не переставая улыбавшаяся.

– Excellentes, chère amie, – отвечал Воронцов на вопрос княгини о том, какие он получил известия с курьером. – Simon a eu de la chance[1].

И он стал рассказывать так, чтобы могли слышать все сидящие за столом, поразительную новость, – для него одного это не было вполне новостью, потому что переговоры велись уже давно, – о том, что знаменитый, храбрейший помощник Шамиля Хаджи-Мурат передался русским и нынче-завтра будет привезен в Тифлис.

Все обедавшие, даже молодежь, адъютанты и чиновники, сидевшие на дальних концах стола и перед этим о чем-то тихо смеявшиеся, все затихли и слушали.

– А вы, генерал, встречали этого Хаджи-Мурата? – спросила княгиня у своего соседа, рыжего генерала с щетинистыми усами, когда князь перестал говорить.

– И не раз, княгиня.

И генерал рассказал про то, как Хаджи-Мурат в 43-м году, после взятия горцами Гергебиля, наткнулся на отряд генерала Пассека и как он, на их глазах почти, убил полковника Золотухина.

Воронцов слушал генерала с приятной улыбкой, очевидно довольный тем, что генерал разговорился. Но вдруг лицо Воронцова приняло рассеянное и унылое выражение.

Разговорившийся генерал стал рассказывать про то, где он в другой раз столкнулся с Хаджи-Муратом.

– Ведь это он, – говорил генерал, – вы изволите помнить, ваше сиятельство, устроил в сухарную экспедицию засаду на выручке.

– Где? – переспросил Воронцов, щуря глаза.

---

[1]Превосходные, милый друг. Семену повезло (*фр.*).

Дело было в том, что храбрый генерал называл «выручкой» то дело в несчастном Даргинском походе, в котором действительно погиб бы весь отряд с князем Воронцовым, командовавшим им, если бы его не выручили вновь подошедшие войска. Всем было известно, что весь Даргинский поход, под начальством Воронцова, в котором русские потеряли много убитых и раненых и несколько пушек, был постыдным событием, и потому если кто и говорил про этот поход при Воронцове, то говорил только в том смысле, в котором Воронцов написал донесение царю, то есть, что это был блестящий подвиг русских войск. Словом же «выручка» прямо указывалось на то, что это был не блестящий подвиг, а ошибка, погубившая много людей. Все поняли это, и одни делали вид, что не замечают значения слов генерала, другие испуганно ожидали, что будет дальше; некоторые, улыбаясь, переглянулись.

Один только рыжий генерал с щетинистыми усами ничего не замечал и, увлеченный своим рассказом, спокойно ответил:

– На выручке, ваше сиятельство.

И раз заведенный на любимую тему, генерал подробно рассказал, как «этот Хаджи-Мурат так ловко разрезал отряд пополам, что, не приди нам на выручку, – он как будто с особенной любовью повторял слово «выручка», – тут бы все и остались, потому...».

Генерал не успел досказать все, потому что Манана Орбельяни, поняв, в чем дело, перебила речь генерала, расспрашивая его об удобствах его помещения в Тифлисе. Генерал удивился, оглянулся на всех и на своего адъютанта в конце стола, упорным и значительным взглядом смотревшего на него, – и вдруг понял. Не отвечая княгине, он нахмурился, замолчал и стал поспешно есть, не жуя, лежавшее у него на тарелке утонченное кушанье непонятного для него вида и даже вкуса.

Всем стало неловко, но неловкость положения исправил грузинский князь, очень глупый, но необыкновенно тонкий и искусный льстец и придворный, сидевший по другую сторону княгини Воронцовой. Он, как будто ничего не замечая, громким голосом стал рассказывать про похищение Хаджи-Муратом вдовы Ахмет-Хана Мехтулинского:

– Ночью вошел в селенье, схватил, что ему нужно было, и ускакал со всей партией.

– Зачем же ему нужна была именно женщина эта? – спросила княгиня.

– А он был враг с мужем, преследовал его, но нигде до самой смерти хана не мог встретить, так вот он отомстил на вдове.

Княгиня перевела это по-французски своей старой приятельнице, графине Шуазёль, сидевшей подле грузинского князя.

– Quelle horreur![1] – сказала графиня, закрывая глаза и покачивая головой.

– О нет, – сказал Воронцов, улыбаясь, – мне говорили, что он с рыцарским уважением обращался с пленницей и потом отпустил ее.

– Да, за выкуп.

– Ну разумеется, но все-таки он благородно поступил.

Эти слова князя дали тон дальнейшим рассказам про Хаджи-Мурата. Придворные поняли, что чем больше приписывать значения Хаджи-Мурату, тем приятнее будет князю Воронцову.

– Удивительная смелость у этого человека. Замечательный человек.

– Как же, в сорок девятом году он среди бела дня ворвался в Темир-Хан-Шуру и разграбил лавки.

Сидевший на конце стола армянин, бывший в то время в Темир-Хан-Шуре, рассказал про подробности этого подвига Хаджи-Мурата.

Вообще весь обед прошел в рассказах о Хаджи-Мурате. Все наперерыв хвалили его храбрость, ум, великодушие. Кто-то рассказал про то, как он велел убить двадцать шесть пленных; но и на это было обычное возражение:

---

[1] Какой ужас! (*фр.*)

– Что делать! A la guerre comme à la guerre[1].

– Это большой человек.

– Если бы он родился в Европе, это, может быть, был бы новый Наполеон, – сказал глупый грузинский князь, имеющий дар лести.

Он знал, что всякое упоминание о Наполеоне, за победу над которым Воронцов носил белый крест на шее, было приятно князю.

– Ну, хоть не Наполеон, но лихой кавалерийский генерал – да, – сказал Воронцов.

– Если не Наполеон, то Мюрат.

– И имя его – Хаджи-Мурат.

– Хаджи-Мурат вышел, теперь конец и Шамилю, – сказал кто-то. – Они чувствуют, что им теперь (это «теперь» значило: при Воронцове) не выдержать, – сказал другой.

– Tout cela est grâce à vous[2], – сказала Манана Орбельяни.

Князь Воронцов старался умерить волны лести, которые начинали уже заливать его. Но ему было приятно, и он повел от стола свою даму в гостиную в самом хорошем расположении духа.

После обеда, когда в гостиной обносили кофе, князь особенно ласков был со всеми и, подойдя к генералу с рыжими щетинистыми усами, старался показать ему, что он не заметил его неловкости.

Обойдя всех гостей, князь сел за карты. Он играл только в старинную игру – ломбер. Партнерами князя были: грузинский князь, потом армянский генерал, выучившийся у камердинера князя играть в ломбер, и четвертый, – знаменитый по своей власти, – доктор Андреевский.

Поставив подле себя золотую табакерку с портретом Александра I, Воронцов разодрал атласные карты и хотел разостлать их, когда

---

[1] На войне как на войне (*фр.*).

[2] Все это благодаря вам (*фр.*).

вошел камердинер, итальянец Джовани, с письмом на серебряном подносе.

– Еще курьер, ваше сиятельство.

Воронцов положил карты и, извинившись, распечатал и стал читать.

Письмо было от сына. Он описывал выход Хаджи-Мурата и столкновение с Меллер-Закомельским.

Княгиня подошла и спросила, что пишет сын.

– Все о том же. Il a eu quelques désagréments avec le commandant de la place. Simon a eu tort[1]. But all is well what ends well[2], – сказал он, передавая жене письмо, и, обращаясь к почтительно дожидавшимся партнерам, попросил брать карты.

Когда сдали первую сдачу, Воронцов открыл табакерку и сделал то, что он делывал, когда был в особенно хорошем расположении духа: достал старчески сморщенными белыми руками щепотку французского табаку и поднес ее к носу и высыпал.

X

Когда на другой день Хаджи-Мурат явился к Воронцову, приемная князя была полна народа. Тут был и вчерашний генерал с щетинистыми усами, в полной форме и орденах, приехавший откланяться; тут был и полковой командир, которому угрожали судом за злоупотребления по продовольствованию полка; тут был армянин-богач, покровительствуемый доктором Андреевским, который держал на откупе водку и теперь хлопотал о возобновлении контракта; тут была, вся в черном, вдова убитого офицера, приехавшая просить о

---

[1] У него были какие-то неприятности с комендантом крепости. Семен был не прав (*фр.*).

[2] Но все хорошо, что хорошо кончается (*англ.*).

пенсии или о помещении детей на казенный счет; тут был разорившийся грузинский князь в великолепном грузинском костюме, выхлопатывавший себе упраздненное церковное поместье; тут был пристав с большим свертком, в котором был проект о новом способе покорения Кавказа; тут был один хан, явившийся только затем, чтобы рассказать дома, что он был у князя.

Все дожидались очереди и один за другим были вводимы красивым белокурым юношей-адъютантом в кабинет князя.

Когда в приемную вошел бодрым шагом, прихрамывая, Хаджи-Мурат, все глаза обратились на него, и он слышал в разных концах шепотом произносимое его имя.

Хаджи-Мурат был одет в длинную белую черкеску на коричневом, с тонким серебряным галуном на воротнике, бешмете. На ногах его были черные ноговицы и такие же чувяки, как перчатка, обтягивающие ступни, на бритой голове – папаха с чалмой, – той самой чалмой, за которую он, по доносу Ахмет-Хана, был арестован генералом Клюгенау и которая была причиной его перехода к Шамилю. Хаджи-Мурат шел, быстро ступая по паркету приемной, покачиваясь всем тонким станом от легкой хромоты на одну, более короткую, чем другая, ногу. Широко расставленные глаза его спокойно глядели вперед и, казалось, никого не видели.

Красивый адъютант, поздоровавшись, попросил Хаджи-Мурата сесть, пока он доложит князю. Но Хаджи-Мурат отказался сесть и, заложив руку за кинжал и отставив ногу, продолжал стоять, презрительно оглядывая присутствующих.

Переводчик, князь Тарханов, подошел к Хаджи-Мурату и заговорил с ним. Хаджи-Мурат неохотно, отрывисто отвечал. Из кабинета вышел кумыцкий князь, жаловавшийся на пристава, и вслед за ним адъютант позвал Хаджи-Мурата, подвел его к двери кабинета и пропустил в нее.

Воронцов принял Хаджи-Мурата, стоя у края стола. Старое белое лицо главнокомандующего было не такое улыбающееся, как вчера, а скорее строгое и торжественное.

Войдя в большую комнату с огромным столом и большими окнами с зелеными жалузи, Хаджи-Мурат приложил свои небольшие, загорелые руки к тому месту груди, где перекрещивалась белая черкеска, и неторопливо, внятно и почтительно, на кумыцком наречии, на котором он хорошо говорил, опустив глаза, сказал:

– Отдаюсь под высокое покровительство великого царя и ваше. Обещаюсь верно, до последней капли крови служить белому царю и надеюсь быть полезным в войне с Шамилем, врагом моим и вашим.

Выслушав переводчика, Воронцов взглянул на Хаджи-Мурата, и Хаджи-Мурат взглянул в лицо Воронцова.

Глаза этих двух людей, встретившись, говорили друг другу многое, невыразимое словами, и уж совсем не то, что говорил переводчик. Они прямо, без слов, высказывали друг о друге всю истину: глаза Воронцова говорили, что он не верит ни одному слову из всего того, что говорил Хаджи-Мурат, что он знает, что он – враг всему русскому, всегда останется таким и теперь покоряется только потому, что принужден к этому. И Хаджи-Мурат понимал это и все-таки уверял в своей преданности. Глаза же Хаджи-Мурата говорили, что старику этому надо бы думать о смерти, а не о войне, но что он хоть и стар, но хитер, и надо быть осторожным с ним. И Воронцов понимал это и все-таки говорил Хаджи-Мурату то, что считал нужным для успеха войны.

– Скажи ему, – сказал Воронцов переводчику (он говорил «ты» молодым офицерам), – что наш государь так же милостив, как и могуществен, и, вероятно, по моей просьбе простит его и примет в свою службу. Передал? – спросил он, глядя на Хаджи-Мурата. – До тех же пор, пока получу милостивое решение моего повелителя, скажи ему, что я беру на себя принять его и сделать ему пребывание у нас приятным.

Хаджи-Мурат еще раз прижал руки к середине груди и что-то оживленно заговорил.

Он говорил, как передал переводчик, что и прежде, когда он управлял Аварией, в 39-м году, он верно служил русским и никогда не изменил бы им, если бы не враг его, Ахмет-Хан, который хотел погубить его и оклеветал перед генералом Клюгенау.

– Знаю, знаю, – сказал Воронцов (хотя он если и знал, то давно забыл все это). – Знаю, – сказал он, садясь и указывая Хаджи-Мурату на тахту, стоявшую у стены. Но Хаджи-Мурат не сел, пожав сильными плечами в знак того, что он не решается сидеть в присутствии такого важного человека.

– И Ахмет-Хан и Шамиль, оба – враги мои, – продолжал он, обращаясь к переводчику. – Скажи князю: Ахмет-Хан умер, я не мог отомстить ему, но Шамиль еще жив, и я не умру, не отплатив ему, – сказал он, нахмурив брови и крепко сжав челюсти.

– Да, да, – спокойно проговорил Воронцов. – Как же он хочет отплатить Шамилю? – сказал он переводчику. – Да скажи ему, что он может сесть.

Хаджи-Мурат опять отказался сесть и на переданный ему вопрос отвечал, что он затем и вышел к русским, чтобы помочь им уничтожить Шамиля.

– Хорошо, хорошо, – сказал Воронцов. – Что же именно он хочет делать? Садись, садись...

Хаджи-Мурат сел и сказал, что если только его пошлют на лезгинскую линию и дадут ему войско, то он ручается, что поднимет весь Дагестан, и Шамилю нельзя будет держаться.

– Это хорошо. Это можно, – сказал Воронцов. – Я подумаю.

Переводчик передал Хаджи-Мурату слова Воронцова. Хаджи-Мурат задумался.

– Скажи сардарю, – сказал он еще, – что моя семья в руках моего врага; и до тех пор, пока семья моя в горах, я связан и не могу служить. Он убьет мою жену, убьет мать, убьет детей, если я прямо пойду против него. Пусть только князь выручит мою семью, выменяет ее на пленных, и тогда я или умру, или уничтожу Шамиля.

– Хорошо, хорошо, – сказал Воронцов. – Подумаем об этом. Теперь же пусть он идет к начальнику штаба и подробно изложит ему свое положение, свои намерения и желания.

Тем кончилось первое свидание Хаджи-Мурата с Воронцовым. В тот же день, вечером, в новом, в восточном вкусе отделанном театре шла итальянская опера. Воронцов был в своей ложе, и в партере появилась заметная фигура хромого Хаджи-Мурата в чалме. Он вошел с приставленным к нему адъютантом Воронцова Лорис-Меликовым и поместился в первом ряду. С восточным, мусульманским достоинством, не только без выражения удивления, но с видом равнодушия, просидев первый акт, Хаджи-Мурат встал и, спокойно оглядывая зрителей, вышел, обращая на себя внимание всех зрителей.

На другой день был понедельник, обычный вечер у Воронцовых. В большой, ярко освещенной зале играла скрытая в зимнем саду музыка. Молодые и не совсем молодые женщины, в одеждах, обнажавших и шеи, и руки, и почти груди, кружились в объятиях мужчин в ярких мундирах. У горы буфета лакеи в красных фраках, чулках и башмаках разливали шампанское и обносили конфеты дамам. Жена «сардаря» тоже, несмотря на свои немолодые годы, так же полуобнаженная, ходила между гостями, приветливо улыбаясь, и сказала через переводчика несколько ласковых слов Хаджи-Мурату, с тем же равнодушием, как и вчера в театре, оглядывавшему гостей. За хозяйкой подходили к Хаджи-Мурату и другие обнаженные женщины, и все, не стыдясь, стояли перед ним и, улыбаясь, спрашивали все одно и то же: как ему нравится то, что он видит. Сам Воронцов, в золотых эполетах и аксельбантах, с белым крестом на шее и лентой, подошел к нему и спросил то же самое, очевидно уверенный, как и все спрашивающие, что Хаджи-Мурату не могло не нравиться все то, что он видел. И Хаджи-Мурат отвечал и Воронцову то, что отвечал всем: что у них этого нет, – не высказывая того, что хорошо или дурно то, что этого нет у них.

Хаджи-Мурат попытался было заговорить и здесь, на бале, с Воронцовым о своем деле выкупа семьи, но Воронцов, сделав вид, что не слыхал его слов, отошел от него. Лорис-Меликов же сказал потом Хаджи-Мурату, что здесь не место говорить о делах.

Когда пробило одиннадцать часов и Хаджи-Мурат поверил время на своих, подаренных ему Марьей Васильевной, часах, он спросил Лорис-Меликова, можно ли уехать. Лорис-Меликов сказал, что можно, но что было бы лучше остаться. Несмотря на это, Хаджи-Мурат не остался и уехал на данном в его распоряжение фаэтоне в отведенную ему квартиру.

XI

На пятый день пребывания Хаджи-Мурата в Тифлисе Лорис-Меликов, адъютант наместника, приехал к нему по поручению главнокомандующего.

– И голова и руки рады служить сардарю, – сказал Хаджи-Мурат с обычным своим дипломатическим выражением, наклонив голову и прикладывая руки к груди. – Прикажи, – сказал он, ласково глядя в глаза Лорис-Меликову.

Лорис-Меликов сел на кресло, стоявшее у стола. Хаджи-Мурат опустился против него на низкой тахте и, опершись руками на колени, наклонил голову и внимательно стал слушать то, что Лорис-Меликов говорил ему. Лорис-Меликов, свободно говоривший по-татарски, сказал, что князь, хотя и знает прошедшее Хаджи-Мурата, желает от него самого узнать всю его историю.

– Ты расскажи мне, – сказал Лорис-Меликов, – а я запишу, переведу потом по-русски, и князь пошлет государю.

Хаджи-Мурат помолчал (он не только никогда не перебивал речи, но всегда выжидал, не скажет ли собеседник еще чего), потом поднял голову, стряхнув папаху назад, улыбнулся той особенной, детской улыбкой, которой он пленил еще Марью Васильевну.

– Это можно, – сказал он, очевидно польщенный мыслью о том, что его история будет прочтена государем.

– Расскажи мне (по-татарски нет обращения на «вы») все с начала, не торопясь, – сказал Лорис-Меликов, доставая из кармана записную книжку.

– Это можно, – только много, очень много есть чего рассказывать. Много дела было, – сказал Хаджи-Мурат.

– Не успеешь в один день, в другой день доскажешь, – сказал Лорис-Меликов.

– С начала начинать?

– Да, с самого начала: где родился, где жил.

Хаджи-Мурат опустил голову и долго просидел так; потом взял палочку, лежавшую у тахты, достал из-под кинжала с слоновой ручкой, оправленной золотом, острый, как бритва, булатный ножик и начал им резать палочку и в одно и то же время рассказывать:

– Пиши: родился в Цельмесе, аул небольшой, с ослиную голову, как у нас говорят в горах, – начал он. – Недалеко от нас, выстрела за два, Хунзах, где ханы жили. И наше семейство с ними близко было. Моя мать кормила старшего хана, Абунунцал-Хана, от этого я и стал близок к ханам. Ханов было трое: Абунунцал-Хан, молочный брат моего брата Османа, Умма-Хан, мой брат названый, и Булач-Хан, меньшой, тот, которого Шамиль бросил с кручи. Да это после. Мне было лет пятнадцать, когда по аулам стали ходить мюриды. Они били по камням деревянными шашками и кричали: «Мусульмане, хазават!» Чеченцы все перешли к мюридам, и аварцы стали переходить к ним. Я жил тогда в дворце. Я был как брат ханам: что хотел, то делал, и стал богат. Были у меня и лошади, и оружие, и деньги были. Жил в свое удовольствие и ни о чем не думал. И жил так до того времени, когда Кази-Муллу убили и Гамзат стал на его место. Гамзат прислал к ханам послов сказать, что, если они не примут хазават, он разорит Хунзах. Тут надо было подумать. Ханы боялись русских, боялись принять хазават, и ханша послала меня с сыном, с вторым, с Умма-Ханом, в Тифлис просить у главного русского начальника помощи от Гамзата. Главным начальником был Розен, барон. Он не принял ни меня, ни Умма-Хана. Велел сказать, что поможет, и ничего не сделал. Только его офицеры стали ездить к нам и играть в карты с Умма-Ханом. Они поили его вином и в дурные места возили его, и он проиграл им в карты все, что у него было. Он был телом сильный, как бык, и храбрый, как лев, а душой слабый, как вода. Он проиграл бы последних коней и оружие, если бы я не увез его. После Тифлиса мысли мои переменились, и я стал уговаривать ханшу и молодых ханов принять хазават.

– Отчего ж переменились мысли? – спросил Лорис-Меликов, – не понравились русские?

Хаджи-Мурат помолчал.

– Нет, не понравились, – решительно сказал он и закрыл глаза. – И еще было дело такое, что я захотел принять хазават.

– Какое же дело?

– А под Цельмесом мы с ханом столкнулись с тремя мюридами: два ушли, а третьего я убил из пистолета. Когда я подошел к нему, чтоб снять оружие, он был жив еще. Он поглядел на меня. «Ты, говорит, убил меня. Мне хорошо. А ты мусульманин, и молод и силен, прими хазават. Бог велит».

– Что ж, и ты принял?

– Не принял, а стал думать, – сказал Хаджи-Мурат и продолжал свой рассказ. – Когда Гамзат подступил к Хунзаху, мы послали к нему стариков и велели сказать, что согласны принять хазават, только бы он прислал ученого человека растолковать, как надо держать его. Гамзат велел старикам обрить усы, проткнуть ноздри, привесить к их носам лепешки и отослать их назад. Старики сказали, что Гамзат готов прислать шейха, чтобы научить нас хазавату, но только с тем, чтобы ханша прислала к нему аманатом своего меньшого сына. Ханша поверила и послала Булач-Хана к Гамзату. Гамзат принял хорошо Булач-Хана и прислал к нам звать к себе и старших братьев. Он велел сказать, что хочет служить ханам так же, как его отец служил их отцу.

Ханша была женщина слабая, глупая и дерзкая, как и все женщины, когда они живут по своей воле. Она побоялась послать обоих сыновей и послала одного Умма-Хана. Я поехал с ним. Нас за версту встретили мюриды и пели, и стреляли, и джигитовали вокруг нас. А когда мы подъехали, Гамзат вышел из палатки, подошел к стремени Умма-Хана и принял его, как хана. Он сказал: «Я не сделал вашему дому никакого зла и не хочу делать. Вы только меня не убейте и не мешайте мне приводить людей к хазавату. А я буду служить вам со всем моим войском, как отец мой служил вашему отцу. Пустите меня жить в вашем доме. Я буду помогать вам моими советами, а вы делайте, что хотите». Умма-Хан был туп на речи. Он не знал, что сказать, и молчал. Тогда я сказал, что если так, то пускай Гамзат едет в Хунзах. Ханша и хан с почетом примут его. Но мне не дали досказать, и тут в первый раз я столкнулся с Шамилем. Он был тут же, подле имама. «Не тебя спрашивают, а хана», – сказал он мне. Я замолчал, а Гамзат проводил Умма-Хана в палатку. Потом Гамзат позвал меня и велел с своими послами ехать в Хунзах. Я поехал. Послы стали уговаривать ханшу отпустить к Гамзату и старшего хана. Я видел измену и сказал ханше, чтобы она не посылала сына. Но у женщины ума в голове – сколько на яйце волос. Ханша поверила и велела сыну ехать. Абунунцал не хотел. Тогда она сказала: «Видно, ты боишься». Она, как пчела, знала, в какое место больнее ужалить его. Абунунцал загорелся, не стал больше говорить с ней и велел седлать. Я поехал с ним. Гамзат встретил нас еще лучше, чем Умма-Хана. Он сам выехал навстречу за два выстрела под гору. За ним ехали конные с значками, пели «Ля илляхаильалла», стреляли, джигитовали. Когда мы подъехали к лагерю, Гамзат ввел хана в палатку. А я остался с лошадьми. Я был под горой, когда в палатке Гамзата стали стрелять. Я подбежал к палатке. Умма-Хан лежал ничком в луже крови, а Абунунцал бился с мюридами. Половина лица у него была отрублена и висела. Он захватил ее одной рукой, а другой рубил кинжалом всех, кто подходил к нему. При мне он срубил брата Гамзата и намернулся уже на другого, но тут мюриды стали стрелять в него, и он упал.

Хаджи-Мурат остановился, загорелое лицо его буро покраснело, и глаза налились кровью.

– На меня нашел страх, и я убежал.

– Вот как? – сказал Лорис-Меликов. – Я думал, что ты никогда ничего не боялся.

– Потом никогда; с тех пор я всегда вспоминал этот стыд, и когда вспоминал, то уже ничего не боялся.

XII

– А теперь довольно. Молиться надо, – сказал Хаджи-Мурат, достал из внутреннего, грудного кармана черкески брегет Воронцова, бережно прижал пружинку и, склонив набок голову, удерживая детскую улыбку, слушал. Часы прозвонили двенадцать ударов и четверть.

– Кунак Воронцов пешкеш, – сказал он, улыбаясь. – Хороший человек.

– Да, хороший, – сказал Лорис-Меликов. – И часы хорошие. Так ты молись, а я подожду.

– Якши, хорошо, – сказал Хаджи-Мурат и ушел в спальню.

Оставшись один, Лорис-Меликов записал в своей книжечке самое главное из того, что рассказывал ему Хаджи-Мурат, потом закурил папиросу и стал ходить взад и вперед по комнате. Подойдя к двери, противоположной спальне, Лорис-Меликов услыхал оживленные голоса по-татарски быстро говоривших о чем-то людей. Он догадался, что это были мюриды Хаджи-Мурата, и, отворив дверь, вошел к ним.

В комнате стоял тот особенный, кислый, кожаный запах, который бывает у горцев. На полу на бурке, у окна, сидел кривой рыжий Гамзало, в оборванном, засаленном бешмете, и вязал уздечку. Он что-то горячо говорил своим хриплым голосом, но при входе Лорис-Меликова тотчас же замолчал и, не обращая на него внимания, продолжал свое дело. Против него стоял веселый Хан-Магома и, скаля белые зубы и блестя черными, без ресниц, глазами, повторял все одно и то же. Красавец Элдар, засучив рукава на своих сильных руках, оттирал подпруги подвешенного на гвозде седла. Ханефи, главного работника и заведующего хозяйством, не было в комнате. Он на кухне варил обед.

– О чем это вы спорили? – спросил Лорис-Меликов у Хан-Магомы, поздоровавшись с ним.

– А он все Шамиля хвалит, – сказал Хан-Магома, подавая руку Лорису. – Говорит, Шамиль – большой человек. И ученый, и святой, и джигит.

– Как же он от него ушел, а все хвалит?

– Ушел, а хвалит, – скаля зубы и блестя глазами, проговорил Хан-Магома.

– Что же, и считаешь его святым? – спросил Лорис-Меликов.

– Кабы не был святой, народ бы не слушал его, – быстро проговорил Гамзало.

– Святой был не Шамиль, а Мансур, – сказал Хан-Магома. – Это был настоящий святой. Когда он был имамом, весь народ был другой. Он ездил по аулам, и народ выходил к нему, целовал полы его черкески и каялся в грехах, и клялся не делать дурного. Старики говорили: тогда все люди жили, как святые, – не курили, не пили, не пропускали молитвы, обиды прощали друг другу, даже кровь прощали. Тогда деньги и вещи, как находили, привязывали на шесты и ставили на дорогах. Тогда и Бог давал успеха народу во всем, а не так, как теперь, – говорил Хан-Магома.

– И теперь в горах не пьют и не курят, – сказал Гамзало.

– Ламорой твой Шамиль, – сказал Хан-Магома, подмигивая Лорис-Меликову.

«Ламорой» было презрительное название горцев.

– Ламорой – горец. В горах-то и живут орлы, – отвечал Гамзало.

– А молодчина! Ловко срезал, – оскаливая зубы, заговорил Хан-Магома, радуясь на ловкий ответ своего противника.

Увидав серебряную папиросочницу в руке Лорис-Меликова, он попросил себе покурить. И когда Лорис-Меликов сказал, что им ведь запрещено курить, он подмигнул одним глазом, мотнув головой на спальню Хаджи-Мурата, и сказал, что можно, пока не видят. И тотчас же стал курить, не затягиваясь и неловко складывая свои красные губы, когда выпускал дым.

– Нехорошо это, – строго сказал Гамзало и вышел из комнаты.

Хан-Магома подмигнул и на него и, покуривая, стал расспрашивать Лорис-Меликова, где лучше купить шелковый бешмет и папаху белую.

– Что же, у тебя разве так денег много?

– Есть, достанет, – подмигивая, отвечал Хан-Магома.

– Ты спроси у него, откуда у него деньги, – сказал Элдар, поворачивая свою красивую улыбающуюся голову к Лорису.

– А выиграл, – быстро заговорил Хан-Магома, он рассказал, как он вчера, гуляя по Тифлису, набрел на кучку людей, русских денщиков и армян, игравших в орлянку. Кон был большой: три золотых и серебра много. Хан-Магома тотчас же понял, в чем игра, и, позванивая медными, которые были у него в кармане, вошел в круг и сказал, что держит на все.

– Как же на все? Разве у тебя было? – спросил Лорис-Меликов.

– У меня всего было двенадцать копеек, – оскаливая зубы, сказал Хан-Магома.

– Ну, а если бы проиграл?

– А вот.

И Хан-Магома указал на пистолет.

– Что же, отдал бы?

– Зачем отдавать? Убежал бы, а кто бы задержал, убил бы. И готово.

– Что же, и выиграл?

– Айя, собрал все и ушел.

Хан-Магому и Элдара Лорис-Меликов вполне понимал. Хан-Магома был весельчак, кутила, не знавший, куда деть избыток жизни, всегда веселый, легкомысленный, играющий своею и чужими жизнями, из-за этой игры жизнью вышедший теперь к русским и точно так же завтра из-за этой игры могущий перейти опять назад к Шамилю. Элдар был тоже вполне понятен: это был человек, вполне преданный своему мюршиду, спокойный, сильный и твердый. Непонятен был для Лорис-Меликова только рыжий Гамзало. Лорис-Меликов видел, что человек этот не только был предан Шамилю, но испытывал непреодолимое отвращение, презрение, гадливость и ненависть ко всем русским; и потому Лорис-Меликов не мог понять, зачем он вышел к русским. Лорис-Меликову приходила мысль, разделяемая и некоторыми начальствующими лицами, что выход Хаджи-Мурата и его рассказы о вражде с Шамилем был обман, что он вышел только, чтобы высмотреть слабые места русских и, убежав опять в горы, направить силы туда, где русские были слабы. И Гамзало всем своим существом подтверждал это предположение. «Те и сам Хаджи-Мурат, – думал Лорис-Меликов, – умеют скрывать свои намерения, но этот выдает себя своей нескрываемой ненавистью».

Лорис-Меликов попытался говорить с ним. Он спросил, скучно ли ему здесь. Но он, не оставляя своего занятия, косясь своим одним глазом на Лорис-Меликова, хрипло и отрывисто прорычал:

– Нет, не скучно.

И так же отвечал на все другие вопросы.

Пока Лорис-Меликов был в комнате нукеров, вошел и четвертый мюрид Хаджи-Мурата, аварец Ханефи, с волосатым лицом и шеей и мохнатой, точно мехом обросшей, выпуклой грудью. Это был нерассуждающий, здоровенный работник, всегда поглощенный своим делом, без рассуждения, как и Элдар, повинующийся своему хозяину.

Когда он вошел в комнату нукеров за рисом, Лорис-Меликов остановил его и расспросил, откуда он и давно ли у Хаджи-Мурата.

– Пять лет, – отвечал Ханефи на вопрос Лорис-Меликова. – Я из одного аула с ним. Мой отец убил его дядю, и они хотели убить меня, – сказал он, спокойно из-под сросшихся бровей глядя в лицо Лорис-Меликова. – Тогда я попросил принять меня братом.

– Что значит: принять братом?

– Я не брил два месяца головы, ногтей не стриг и пришел к ним. Они пустили меня к Патимат, к его матери. Патимат дала мне грудь, и я стал его братом.

В соседней комнате послышался голос Хаджи-Мурата. Элдар тотчас же узнал призыв хозяина и, отерев руки, широко шагая, поспешно пошел в гостиную.

– Зовет к себе, – сказал он, возвращаясь.

И, дав еще папироску веселому Хан-Магоме, Лорис-Меликов пошел в гостиную.

XIII

Когда Лорис-Меликов вошел в гостиную, Хаджи-Мурат с веселым лицом встретил его.

– Что же, продолжать? – сказал он, усаживаясь на тахту.

– Да, непременно, – сказал Лорис-Меликов. – А я заходил к твоим нукерам, поговорил с ними. Один – веселый малый, – прибавил Лорис-Меликов.

– Да, Хан-Магома – легкий человек, – сказал Хаджи-Мурат.

– А понравился мне молодой, красивый.

– А, Элдар. Этот молод, а тверд, железный.

Они помолчали.

– Так говорить дальше?

– Да, да.

– Я сказал, как ханов убили. Ну, убили их, и Гамзат въехал в Хунзах и сел в ханском дворце, – начал Хаджи-Мурат. – Оставалась мать-ханша. Гамзат призвал ее к себе. Она стала выговаривать ему. Он мигнул своему мюриду Асельдеру, и тот сзади ударил, убил ее.

– Зачем же он убил ее-то? – спросил Лорис-Меликов.

– А как же быть: перелез передними ногами, перелезай и задними. Надо было всю породу покончить. Так и сделали. Шамиль меньшого убил, сбросил с кручи. Вся Авария покорилась Гамзату, только мы с братом не хотели покориться. Нам надо было кровь его за ханов. Мы делали вид, что покорились, а думали только, как взять с него кровь.

Мы посоветовались с дедом и решили выждать время, когда он выедет из дворца, и из засады убить его. Кто-то подслушал нас, сказал Гамзату, и он призвал к себе деда и сказал: «Смотри, если правда, что твои внуки задумывают худое против меня, висеть тебе с ними на одной перекладине. Я делаю дело Божье, и мне помешать нельзя. Иди и помни, что я сказал». Дед пришел домой и сказал нам. Тогда мы решили не ждать, сделать дело в первый день праздника в мечети. Товарищи отказались, – остались мы с братом. Мы взяли по два пистолета, надели бурки и пошли в мечеть. Гамзат вошел с тридцатью мюридами. Все они держали шашки наголо. Рядом с Гамзатом шел Асельдер, его любимый мюрид, – тот самый, который отрубил голову ханше. Увидав нас, он крикнул, чтобы мы сняли бурки, и подошел ко мне. Кинжал у меня был в руке, и я убил его и бросился к Гамзату. Но брат Осман уже выстрелил в него. Гамзат еще был жив и с кинжалом бросился на брата, но я добил его в голову. Мюридов было тридцать человек, нас – двое. Они убили брата Османа, а я отбился, выскочил в окно и ушел. Когда узнали, что Гамзат убит, весь народ поднялся, и мюриды бежали, а тех, какие не бежали, всех перебили.

Хаджи-Мурат остановился и тяжело перевел дух.

– Это все было хорошо, – продолжал он, – потом все испортилось. Шамиль стал на место Гамзата. Он прислал ко мне послов сказать, чтобы я шел с ним против русских; если же я откажусь, то он грозил, что разорит Хунзах и убьет меня. Я сказал, что не пойду к нему и не пущу его к себе.

– Отчего же ты не пошел к нему? – спросил Лорис-Меликов.

Хаджи-Мурат нахмурился и не сейчас ответил.

– Нельзя было. На Шамиле была кровь и брата Османа и Абунунцал-Хана. Я не пошел к нему. Розен-генерал прислал мне чин офицера и велел быть начальником Аварии. Все бы было хорошо, но Розен назначил над Аварией сначала хана казикумыхского, Магомет-Мирзу, а потом Ахмет-Хана. Этот возненавидел меня. Он сватал за сына дочь ханши, Салтанет. Ее не отдали ему, и он думал, что я виноват в этом. Он возненавидел меня и подсылал своих нукеров убить меня, но я ушел от них. Тогда он наговорил на меня генералу Клюгенау, сказал, что я не велю аварцам давать дров солдатам. Он сказал ему еще, что я надел чалму, вот эту, – сказал Хаджи-Мурат, указывая на чалму на папахе, – и что это значит, что я передался Шамилю. Генерал не поверил и не велел трогать меня. Но когда генерал уехал в Тифлис, Ахмет-Хан сделал по-своему: с ротой солдат схватил меня, заковал в цепи и привязал к пушке. Шесть суток держали меня так. На седьмые сутки отвязали и повели в Темир-Хан-Шуру. Вели сорок солдат с заряженными ружьями. Руки были связаны, и велено было убить меня, если я захочу бежать. Я знал это. Когда мы стали подходить, подле Моксоха тропка была узкая, направо кручь сажен в пятьдесят, я перешел от солдата направо, на край кручи. Солдат хотел остановить меня, но я прыгнул под кручь и потащил за собой солдата. Солдат убился насмерть, а я вот жив остался. Ребры, голову, руки, ногу – все поломал. Пополз было – и не мог. Закружилась голова, и заснул. Проснулся мокрый, в крови. Пастух увидал. Позвал народ, снесли меня в аул. Ребры, голова зажили, зажила и нога, только стала короткая.

И Хаджи-Мурат вытянул кривую ногу.

– Служит, и то хорошо, – сказал он. – Народ узнал, стал ездить ко мне. Я выздоровел, переехал в Цельмес. Аварцы опять звали меня управлять ими, – с спокойной, уверенной гордостью сказал Хаджи-Мурат. – И я согласился.

Хаджи-Мурат быстро встал. И, достав в переметных сумах портфель, вынул оттуда два пожелтевшие письма и подал их Лорис-Меликову. Письма были от генерала Клюгенау. Лорис-Меликов прочел. В первом письме было:

«Прапорщик Хаджи-Мурат! Ты служил у меня – я был доволен тобою и считал тебя добрым человеком. Недавно генерал-майор Ахмет-Хан уведомил меня, что ты изменник, что ты надел чалму, что ты имеешь сношения с Шамилем, что ты научил народ не слушать русского начальства. Я приказал арестовать тебя и доставить тебя ко мне, ты – бежал; не знаю, к лучшему ли это или к худшему, потому что не знаю – виноват ли ты или нет. Теперь слушай меня. Ежели совесть твоя чиста противу великого царя, если ты не виноват ни в чем, явись ко мне. Не бойся никого – я твой защитник. Хан тебе ничего не сделает; он сам у меня под начальством, так и нечего тебе бояться».

Дальше Клюгенау писал о том, что он всегда держал свое слово и был справедлив, и еще увещевал Хаджи-Мурата выйти к нему.

Когда Лорис-Меликов кончил первое письмо, Хаджи-Мурат достал другое письмо, но, не отдавая его еще в руки Лорис-Меликова, рассказал, как он отвечал на это первое письмо.

– Я написал ему, что чалму я носил, но не для Шамиля, а для спасения души, что к Шамилю я перейти не хочу и не могу, потому что через него убиты мои отец, братья и родственники, но что и к русским не могу выйти, потому что меня обесчестили. В Хунзахе, когда я был связан, один негодяй на…л на меня. И я не могу выйти к вам, пока человек этот не будет убит. А главное, боюсь обманщика Ахмет-Хана. Тогда генерал прислал мне это письмо, – сказал Хаджи-Мурат, подавая Лорис-Меликову другую пожелтевшую бумажку.

«Ты мне отвечал на мое письмо, спасибо, – прочитал Лорис-Меликов. – Ты пишешь, что ты не боишься воротиться, но бесчестие, нанесенное тебе одним гяуром, запрещает это; а я тебя уверяю, что русский закон справедлив, и в глазах твоих ты увидишь наказание того, кто смел тебя оскорбить, – я уже приказал это исследовать. Послушай, Хаджи-Мурат. Я имею право быть недовольным на тебя, потому что ты не веришь мне и моей чести, но я прощаю тебе, зная недоверчивость характера вообще горцев. Ежели ты чист совестью, если чалму ты надевал, собственно, только для спасения души, то ты прав и смело можешь глядеть русскому правительству и мне в глаза; а тот, кто тебя обесчестил, уверяю, будет наказан, *имущество твое будет возвращено*, и ты увидишь и узнаешь, что значит русский закон. Тем более что русские иначе смотрят на все; в глазах их ты не уронил себя, что тебя какой-нибудь мерзавец обесчестил. Я сам позволил гимринцам чалму носить и смотрю на их действия как следует; следовательно, повторяю, тебе нечего бояться. Приходи ко мне с человеком, которого я к тебе теперь посылаю; он мне верен, *он не раб твоих врагов*, а друг человека, который пользуется у правительства особенным вниманием».

Дальше Клюгенау опять уговаривал Хаджи-Мурата выйти.

– Я не поверил этому, – сказал Хаджи-Мурат, когда Лорис-Меликов кончил письмо, – и не поехал к Клюгенау. Мне, главное, надо было отомстить Ахмет-Хану, а этого я не мог сделать через русских. В это же время Ахмет-Хан окружил Цельмес и хотел схватить или убить меня. У меня было слишком мало народа, я не мог отбиться от него. И вот в это-то время ко мне приехал посланный от Шамиля с письмом. Он обещал помочь мне отбиться от Ахмет-Хана и убить его и давал мне в управление всю Аварию. Я долго думал и перешел к Шамилю. И вот с тех пор я не переставая воевал с русскими.

Тут Хаджи-Мурат рассказал все свои военные дела. Их было очень много, и Лорис-Меликов отчасти знал их. Все походы и набеги его были поразительны по необыкновенной быстроте переходов и смелости нападений, всегда увенчивавшихся успехами.

– Дружбы между мной и Шамилем никогда не было, – докончил свой рассказ Хаджи-Мурат, – но он боялся меня, и я был ему нужен. Но тут случилось то, что у меня спросили, кому быть имамом после Шамиля? Я сказал, что имамом будет тот, у кого шашка востра. Это сказали Шамилю, и он захотел избавиться от меня. Он послал меня в Табасарань. Я поехал, отбил тысячу баранов, триста лошадей. Но он сказал, что я не то сделал, и сменил меня с наибства и велел прислать ему все деньги. Я послал тысячу золотых. Он прислал своих мюридов и отобрал у меня все мое именье. Он требовал меня к себе; я знал, что он хочет убить меня, и не поехал. Он прислал взять меня. Я отбился и вышел к Воронцову. Только семьи я не взял. И мать, и жена, и сын у него. Скажи сардарю: пока семья там, я ничего не могу делать.

– Я скажу, – сказал Лорис-Меликов.

– Хлопочи, старайся. Что мое, то твое, только помоги у князя. Я связан, и конец веревки – у Шамиля в руке.

Этими словами закончил Хаджи-Мурат свой рассказ Лорис-Меликову.

XIV

Двадцатого декабря Воронцов писал следующее военному министру Чернышеву. Письмо было по-французски.

«Я не писал вам с последней почтой, любезный князь, желая сперва решить, что мы сделаем с Хаджи-Муратом, и чувствуя себя два-три дня не совсем здоровым. В моем последнем письме я извещал вас о прибытии сюда Хаджи-Мурата: он приехал в Тифлис 8-го; на следующий день я познакомился с ним, и дней восемь или девять я говорил с ним и обдумывал, что он может сделать для нас впоследствии, а особенно, что нам делать с ним теперь, так как он очень сильно заботится о судьбе своего семейства и говорит со всеми знаками полной откровенности, что, пока его семейство в руках Шамиля, он парализован и не в силах услужить нам и доказать свою благодарность за ласковый прием и прощение, которые ему оказали. Неизвестность, в которой он находится насчет дорогих ему особ, вызывает в нем лихорадочное состояние, и лица, назначенные мною, чтобы жить с ним здесь, уверяют меня, что он не спит по ночам, почти что ничего не ест, постоянно молится и только просит позволения покататься верхом с несколькими казаками, – единственно для него возможное развлечение и движение, необходимое вследствие долголетней привычки. Каждый день он приходил ко мне узнавать, имею ли я какие-нибудь известия о его семействе, и просит меня, чтобы я велел собрать на наших различных линиях всех пленных, которые находятся в нашем распоряжении, чтобы предложить их Шамилю для обмена, к чему он прибавит немного денег. Есть люди, которые ему дадут их для этого. Он мне все повторял: спасите мое семейство и потом дайте мне возможность услужить вам (лучше всего на лезгинской линии, по его мнению), если по истечении месяца я не окажу вам большой услуги, накажите меня, как сочтете нужным.

Я ему ответил, что все это кажется мне весьма справедливым и что у нас найдется даже много лиц, которые не поверили бы ему, если бы его семейство оставалось в горах, а не у нас в качестве залога; что я сделаю все возможное для сбора на наших границах пленных и что, не имея права, по нашим уставам, дать ему денег для выкупа в прибавку к тем, которые он достанет сам, я, может быть, найду другие средства помочь ему. После этого я ему сказал откровенно мое мнение о том, что Шамиль ни в каком случае не выдаст ему семейства, что он, может быть, прямо объявит ему это, обещает ему полное прощение и прежние должности, погрозит, если он не вернется, погубить его мать, жену и шестерых детей. Я спросил его, может ли он сказать откровенно, что бы он сделал, если бы получил такое объявление Шамиля. Хаджи-Мурат поднял глаза и руки к небу и сказал мне, что всё в руках Бога, но что он никогда не отдастся в руки своему врагу, потому что он вполне уверен, что Шамиль его не простит и что он бы тогда недолго остался в живых. Что касается истребления его семейства, то он не думает, что Шамиль поступит так легкомысленно: во-первых, чтобы не сделать его врагом еще отчаяннее и опаснее; а во-вторых, есть в Дагестане множество лиц очень даже влиятельных, которые отговорят его от этого. Наконец он повторил мне несколько раз, что какая бы ни была воля Бога для будущего, но что его теперь занимает только мысль о выкупе семейства; что он умоляет меня, во имя Бога, помочь ему и позволить ему вернуться в окрестности Чечни, где бы он, через посредство и с дозволения наших начальников, мог иметь сношения со своим семейством, постоянные известия о его настоящем положении и о средствах освободить его; что многие лица и даже некоторые наибы в этой части неприятельской страны более или менее привязаны к нему; что во всем этом населении, уже покоренном русскими или нейтральном, ему легко будет иметь, с нашей помощью, сношения, очень полезные для достижения цели, преследовавшей его днем и ночью, исполнение которой так его успокоит и даст ему возможность действовать для нашей пользы и заслужить наше доверие. Он просит отослать его опять в Грозную, с конвоем из двадцати или тридцати отважных казаков, которые бы служили ему для защиты от врагов, а нам – для ручательства в истине высказанных им намерений.

Вы поймете, любезный князь, что все это очень озадачило меня, так как, что ни сделай, большая ответственность лежит на мне. Было бы в высшей степени неосторожно вполне доверять ему; но если бы мы хотели отнять у него средства для бегства, то мы должны были бы запереть его; а это, по моему мнению, было бы и несправедливо и неполитично. Такая мера, известие о которой скоро распространилось бы по всему Дагестану, очень повредила бы нам там, отнимая охоту у всех тех (а их много), которые готовы идти более или менее открыто против Шамиля и которые так интересуются положением у нас самого храброго и предприимчивого помощника имама, увидевшего себя принужденным отдаться в наши руки. Раз что мы поступили бы с Хаджи-Муратом, как с пленным, весь благоприятный эффект его измены Шамилю пропал бы для нас.

Поэтому я думаю, что не мог поступить иначе, как поступил, чувствуя, однако, что можно будет обвинить меня в большой ошибке, если бы вздумалось Хаджи-Мурату уйти снова. В службе и в таких запутанных делах трудно, чтобы не сказать невозможно, идти по одной прямой дороге, не рискуя ошибиться и не принимая на себя ответственности; но раз что дорога кажется прямою, надо идти по ней, – будь что будет.

Прошу вас, любезный князь, повергнуть это на рассмотрение его величеству государю императору, и я буду счастлив, если августейший наш повелитель соизволит одобрить мой поступок. Все, что я вам писал выше, я также написал генералам Завадовскому и Козловскому, для непосредственных сношений Козловского с Хаджи-Муратом, которого я предупредил о том, что он без одобрения последнего ничего сделать и никуда выехать не может. Я ему объявил, что для нас еще лучше, если он будет выезжать с нашим конвоем, а то

Шамиль станет разглашать, что мы держим Хаджи-Мурата взаперти; но при этом я взял с него обещание, что он никогда не поедет в Воздвиженское, так как мой сын, которому он сперва сдался и которого считает своим кунаком (приятелем), не начальник этого места, и могли бы произойти недоразумения. Впрочем, Воздвиженское слишком близко от многочисленного враждебного нам населения, между тем как для сношений, которые он желает иметь со своими поверенными, Грозная удобна во всех отношениях.

Кроме двадцати избранных казаков, которые, по его же просьбе, ни на шаг не отстанут от него, я послал ротмистра Лорис-Меликова[1], достойного, отличного и очень умного офицера, говорящего по-татарски, знающего хорошо Хаджи-Мурата, который, кажется, тоже вполне доверяет ему. Десять дней, которые Хаджи-Мурат провел здесь, он, впрочем, жил в одном доме с подполковником князем Тархановым, начальником Шушинского уезда, находящимся здесь по делам службы; это истинно достойный человек, и я ему вполне доверяю. Он также заслужил доверие Хаджи-Мурата, и через него одного, так как он отлично говорит по-татарски, мы рассуждали о самых деликатных и секретных делах.

Я советовался с Тархановым насчет Хаджи-Мурата, и он совершенно согласился со мной в том, что или следовало поступить, как я поступил, или заключить Хаджи-Мурата в тюрьму и сторожить его со всеми возможными строгими мерами – потому что уже раз обращаться с ним худо, его не легко стеречь, или же удалить его совсем из страны. Но эти две последние меры не только бы уничтожили всю выгоду, вытекающую для нас из ссоры между Хаджи-Муратом и Шамилем, но приостановили бы неизбежно всякое развитие ропота и возможность возмущения горцев против власти Шамиля. Князь Тарханов мне сказал, что сам уверен в правдивости Хаджи-Мурата и что Хаджи-Мурат не сомневается в том, что Шамиль никогда его не простит и велит казнить, несмотря на обещанное

---

[1] Граф Михаил Тариелович. (*Примеч. Л. Н. Толстого.*)

прощение. Единственная вещь, которая могла озаботить Тарханова в его сношениях с Хаджи-Муратом, это – его привязанность к своей религии, и он не скрывает, что Шамилю можно будет действовать на него с этой стороны. Но, как я уже говорил выше, он никогда не убедит Хаджи-Мурата в том, что не лишит его жизни или сейчас, или спустя несколько времени после его возвращения.

Вот все, любезный князь, что я хотел сказать вам насчет этого эпизода здешних дел».

XV

Донесение это было отправлено из Тифлиса 24 декабря. Накануне же нового, 52-го года фельдъегерь, загнав десяток лошадей и избив в кровь десяток ямщиков, доставил его к князю Чернышеву, тогдашнему военному министру.

И 1 января 1852 года Чернышев повез к императору Николаю в числе других дел и это донесение Воронцова.

Чернышев не любил Воронцова – и за всеобщее уважение, которым пользовался Воронцов, и за его огромное богатство, и за то, что Воронцов был настоящий барин, а Чернышев все-таки parvenu[1], главное – за особенное расположение императора к Воронцову. И потому Чернышев пользовался всяким случаем, насколько мог, вредить Воронцову. В прошлом докладе о кавказских делах Чернышеву удалось вызвать неудовольствие Николая на Воронцова за то, что по небрежности начальства был горцами почти весь истреблен небольшой кавказский отряд. Теперь он намеревался представить с невыгодной стороны распоряжение Воронцова о Хаджи-Мурате. Он хотел внушить государю, что Воронцов, всегда, особенно в ущерб русским, оказывающий покровительство и даже послабление туземцам, оставив Хаджи-Мурата на Кавказе, поступил неблагоразумно; что, по всей вероятности, Хаджи-Мурат только для того, чтобы высмотреть наши средства обороны, вышел к нам и что поэтому лучше отправить Хаджи-Мурата в центр России и воспользоваться им уже тогда, когда его семья будет выручена из гор и можно будет увериться в его преданности.

Но план этот не удался Чернышеву только потому, что в это утро 1 января Николай был особенно не в духе и не принял бы какое бы то ни было и от кого бы то ни было предложение только из чувства

---

[1] Выскочка (*фр.*).

противоречия; тем более он не был склонен принять предложение Чернышева, которого он только терпел, считая его пока незаменимым человеком, но, зная его старания погубить в процессе декабристов Захара Чернышева и попытку завладеть его состоянием, считал большим подлецом. Так что благодаря дурному расположению духа Николая Хаджи-Мурат остался на Кавказе, и судьба его не изменилась так, как она могла бы измениться, если бы Чернышев делал свой доклад в другое время.

Было половина десятого, когда в тумане двадцатиградусного мороза толстый, бородатый кучер Чернышева, в лазоревой бархатной шапке с острыми концами, сидя на козлах маленьких саней, таких же, как те, в которых катался Николай Павлович, подкатил к малому подъезду Зимнего дворца и дружески кивнул своему приятелю, кучеру князя Долгорукого, который, ссадив барина, уже давно стоял у дворцового подъезда, подложив под толстый ваточный зад вожжи и потирая озябшие руки.

Чернышев был в шинели с пушистым седым бобровым воротником и в треугольной шляпе с петушиными перьями, надетой по форме. Откинув медвежью полость, он осторожно выпростал из саней свои озябшие ноги без калош (он гордился тем, что не знал калош) и, бодрясь, позванивая шпорами, прошел по ковру в почтительно отворенную перед ним дверь швейцаром. Скинув в передней на руки подбежавшего старого камер-лакея шинель, Чернышев подошел к зеркалу и осторожно снял шляпу с завитого парика. Поглядев на себя в зеркало, он привычным движеньем старческих рук подвил виски и хохол и поправил крест, аксельбанты и большие с вензелями эполеты и, слабо шагая плохо повинующимися старческими ногами, стал подниматься вверх по ковру отлогой лестницы.

Пройдя мимо стоявших в парадной форме у дверей подобострастно кланявшихся ему камер-лакеев, Чернышев вошел в приемную. Дежурный, вновь назначенный флигель-адъютант, сияющий новым мундиром, эполетами, аксельбантами и румяным, еще не истасканным лицом с черными усиками и височками, зачесанными к глазам так же, как их зачесывал Николай Павлович, почтительно встретил его. Князь Василий Долгорукий, товарищ военного министра, с скучающим выражением тупого лица, украшенного такими же бакенбардами, усами и висками, какие носил Николай, встал навстречу Чернышева и поздоровался с ним.

– L'empereur?[1] – обратился Чернышев к флигель-адъютанту, вопросительно указывая глазами на дверь кабинета.

– Sa Majesté vient de rentrer[2], – очевидно с удовольствием слушая звук своего голоса, сказал флигель-адъютант и, мягко ступая, так плавно, что полный стакан воды, поставленный ему на голову, не пролился бы, подошел к беззвучно отворявшейся двери и, всем существом своим выказывая почтение к тому месту, в которое он вступал, исчез за дверью.

Долгорукий между тем раскрыл свой портфель, проверяя находящиеся в нем бумаги.

Чернышев же, нахмурившись, прохаживался, разминая ноги и вспоминая все то, что надо было доложить императору. Чернышев был подле двери кабинета, когда она опять отворилась и из нее вышел еще более, чем прежде, сияющий и почтительный флигель-адъютант и жестом пригласил министра и его товарища к государю.

Зимний дворец после пожара был давно уже отстроен, и Николай жил в нем еще в верхнем этаже. Кабинет, в котором он принимал с докладом министров и высших начальников, была очень высокая комната с четырьмя большими окнами. Большой портрет императора Александра I висел на главной стене. Между окнами стояли два бюро. По стенам стояло несколько стульев, в середине комнаты – огромный письменный стол, перед столом кресло Николая, стулья для принимаемых.

---

[1] Император? (*фр.*)

[2] Его величество только что вернулись (*фр.*).

Николай, в черном сюртуке без эполет, с полупогончиками, сидел у стола, откинув свой огромный, туго перетянутый по отросшему животу стан, и неподвижно своим безжизненным взглядом смотрел на входивших. Длинное белое лицо с огромным покатым лбом, выступавшим из-за приглаженных височков, искусно соединенных с париком, закрывавшим лысину, было сегодня особенно холодно и неподвижно. Глаза его, всегда тусклые, смотрели тусклее обыкновенного, сжатые губы из-под загнутых кверху усов, и подпертые высоким воротником ожиревшие свежевыбритые щеки с оставленными правильными колбасиками бакенбард, и прижимаемый к воротнику подбородок придавали его лицу выражение недовольства и даже гнева. Причиной этого настроения была усталость. Причина же усталости было то, что накануне он был в маскараде и, как обыкновенно, прохаживаясь в своей кавалергардской каске с птицей на голове, между теснившейся к нему и робко сторонившейся от его огромной и самоуверенной фигуры публикой, встретил опять ту маску, которая в прошлый маскарад, возбудив в нем своей белизной, прекрасным сложением и нежным голосом старческую чувственность, скрылась от него, обещая встретить его в следующем маскараде. Во вчерашнем маскараде она подошла к нему, и он уже не отпустил ее. Он повел ее в ту специально для этой цели державшуюся в готовности ложу, где он мог наедине остаться с своей дамой. Дойдя молча до двери ложи, Николай оглянулся, отыскивая глазами капельдинера, но его не было. Николай нахмурился и сам толкнул дверь ложи, пропуская вперед себя свою даму.

– Il y a quelqu'un[1], – сказала маска, останавливаясь. Ложа действительно была занята. На бархатном диванчике, близко друг к другу, сидели уланский офицер и молоденькая, хорошенькая белокуро-кудрявая женщина в домино, с снятой маской. Увидав выпрямившуюся во весь рост и гневную фигуру Николая, белокурая женщина поспешно закрылась маской, уланский же офицер,

[1] Здесь кто-то есть (*фр.*).

остолбенев от ужаса, не вставая с дивана, глядел на Николая остановившимися глазами.

Как ни привык Николай к возбуждаемому им в людях ужасу, этот ужас был ему всегда приятен, и он любил иногда поразить людей, повергнутых в ужас, контрастом обращенных к ним ласковых слов. Так поступил он и теперь.

– Ну, брат, ты помоложе меня, – сказал он окоченевшему от ужаса офицеру, – можешь уступить мне место.

Офицер вскочил и, бледнея и краснея, согнувшись вышел молча за маской из ложи, и Николай остался один с своей дамой.

Маска оказалась хорошенькой двадцатилетней невинной девушкой, дочерью шведки-гувернантки. Девушка эта рассказала Николаю, как она с детства еще, по портретам, влюбилась в него, боготворила его и решила во что бы то ни стало добиться его внимания. И вот она добилась, и, как она говорила, ей ничего больше не нужно было. Девица эта была свезена в место обычных свиданий Николая с женщинами, и Николай провел с ней более часа.

Когда он в эту ночь вернулся в свою комнату и лег на узкую, жесткую постель, которой он гордился, и покрылся своим плащом, который он считал (и так и говорил) столь же знаменитым, как шляпа Наполеона, он долго не мог заснуть. Он то вспоминал испуганное и восторженное выражение белого лица этой девицы, то могучие, полные плечи своей всегдашней любовницы Нелидовой и делал сравнение между тою и другою. О том, что распутство женатого человека было нехорошо, ему и не приходило в голову, и он очень удивился бы, если бы кто-нибудь осудил его за это. Но, несмотря на то, что он был уверен, что поступал так, как должно, у него оставалась какая-то неприятная отрыжка, и, чтобы заглушить это чувство, он стал думать о том, что всегда успокаивало его: о том, какой он великий человек.

Несмотря на то, что он поздно заснул, он, как всегда, встал в восьмом часу, и, сделав свой обычный туалет, вытерев льдом свое большое, сытое тело и помолившись Богу, он прочел обычные, с детства произносимые молитвы: «Богородицу», «Верую», «Отче наш», не приписывая произносимым словам никакого значения, – и вышел из малого подъезда на набережную, в шинели и фуражке.

Посредине набережной ему встретился такого же, как он сам, огромного роста ученик училища правоведения, в мундире и шляпе. Увидав мундир училища, которое он не любил за вольнодумство, Николай Павлович нахмурился, но высокий рост, и старательная вытяжка, и отдавание чести с подчеркнуто выпяченным локтем ученика смягчило его неудовольствие.

– Как фамилия? – спросил он.

– Полосатов! ваше императорское величество.

– Молодец!

Ученик все стоял с рукой у шляпы. Николай остановился.

– Хочешь в военную службу?

– Никак нет, ваше императорское величество.

– Болван! – и Николай, отвернувшись, пошел дальше и стал громко произносить первые попавшиеся ему слова. «Копервейн, Копервейн, – повторял он несколько раз имя вчерашней девицы. – Скверно, скверно». Он не думал о том, что говорил, но заглушал свое чувство вниманием к тому, что говорил. «Да, что бы была без меня Россия, – сказал он себе, почувствовав опять приближение недовольного чувства. – Да, что бы была без меня не Россия одна, а Европа». И он вспомнил про шурина, прусского короля, и его слабость и глупость и покачал головой.

Подходя назад к крыльцу, он увидал карету Елены Павловны, которая с красным лакеем подъезжала к Салтыковскому подъезду. Елена Павловна для него была олицетворением тех пустых людей, которые рассуждали не только о науках, поэзии, но и об управлении людей, воображая, что они могут управлять собою лучше, чем он, Николай, управлял ими. Он знал, что, сколько он ни давил этих людей, они опять выплывали и выплывали наружу. И он вспомнил недавно умершего брата Михаила Павловича. И досадное и грустное чувство охватило его. Он мрачно нахмурился и опять стал шептать первые попавшиеся слова. Он перестал шептать, только когда вошел во дворец. Войдя к себе и пригладив перед зеркалом бакенбарды и волоса на висках и накладку на темени, он, подкрутив усы, прямо пошел в кабинет, где принимались доклады.

Первого он принял Чернышева. Чернышев тотчас же по лицу и, главное, глазам Николая понял, что он нынче был особенно не в духе, и, зная вчерашнее его похождение, понял, отчего это происходило. Холодно поздоровавшись и пригласив сесть Чернышева, Николай уставился на него своими безжизненными глазами.

Первым делом в докладе Чернышева было дело об открывшемся воровстве интендантских чиновников; потом было дело о перемещении войск на прусской границе; потом назначение некоторым лицам, пропущенным в первом списке, наград к Новому году; потом было донесение Воронцова о выходе Хаджи-Мурата и, наконец, неприятное дело о студенте медицинской академии, покушавшемся на жизнь профессора.

Николай, молча сжав губы, поглаживал своими большими белыми руками, с одним золотым кольцом на безымянном пальце, листы бумаги и слушал доклад о воровстве, не спуская глаз со лба и хохла Чернышева.

Николай был уверен, что воруют все. Он знал, что надо будет наказать теперь интендантских чиновников, и решил отдать их всех в солдаты, но знал тоже, что это не помешает тем, которые займут место уволенных, делать то же самое. Свойство чиновников состояло в том, чтобы красть, его же обязанность состояла в том, чтобы наказывать их, и, как ни надоело это ему, он добросовестно исполнял эту обязанность.

– Видно, у нас в России один только честный человек, – сказал он.

Чернышев тотчас же понял, что этот единственный честный человек в России был сам Николай, и одобрительно улыбнулся.

– Должно быть, так, ваше величество, – сказал он.

– Оставь, я положу резолюцию, – сказал Николай, взяв бумагу и переложив ее на левую сторону стола.

После этого Чернышев стал докладывать о наградах и о перемещении войск. Николай просмотрел список, вычеркнул несколько имен и потом кратко и решительно распорядился о передвижении двух дивизий к прусской границе.

Николай никак не мог простить прусскому королю данную им после 48-го года конституцию, и потому, выражая шурину самые дружеские чувства в письмах и на словах, он считал нужным иметь на всякий случай войска на прусской границе. Войска эти могли понадобиться и на то, чтобы в случае возмущения народа в Пруссии (Николай везде видел готовность к возмущению) выдвинуть их в защиту престола шурина, как он выдвинул войско в защиту Австрии против венгров. Нужны были эти войска на границе и на то, чтобы придавать больше весу и значения своим советам прусскому королю.

«Да, что было бы теперь с Россией, если бы не я», – опять подумал он.

– Ну, что еще? – сказал он.

– Фельдъегерь с Кавказа, – сказал Чернышев и стал докладывать то, что писал Воронцов о выходе Хаджи-Мурата.

– Вот как, – сказал Николай. – Хорошее начало.

– Очевидно, план, составленный вашим величеством, начинает приносить свои плоды, – сказал Чернышев.

Эта похвала его стратегическим способностям была особенно приятна Николаю, потому что, хотя он и гордился своими стратегическими способностями, в глубине души он сознавал, что их не было. И теперь он хотел слышать более подробные похвалы себе.

– Ты как же понимаешь? – спросил он.

– Понимаю так, что если бы давно следовали плану вашего величества – постепенно, хотя и медленно, подвигаться вперед, вырубая леса, истребляя запасы, то Кавказ давно бы уж был покорен. Выход Хаджи-Мурата я отношу только к этому. Он понял, что держаться им уже нельзя.

– Правда, – сказал Николай.

Несмотря на то, что план медленного движения в область неприятеля посредством вырубки лесов и истребления продовольствия был план Ермолова и Вельяминова, совершенно противоположный плану Николая, по которому нужно было разом завладеть резиденцией Шамиля и разорить это гнездо разбойников и по которому была предпринята в 1845 году Даргинская экспедиция, стоившая стольких людских жизней, - несмотря на это, Николай приписывал план медленного движения, последовательной вырубки лесов и истребления продовольствия тоже себе. Казалось, что, для того чтобы верить в то, что план медленного движения, вырубки лесов и истребления продовольствия был его план, надо было скрывать то, что он именно настаивал на совершенно противоположном военном предприятии 45-го года. Но он не скрывал этого и гордился и тем планом своей экспедиции 45-го года и планом медленного движения вперед, несмотря на то, что эти два плана явно противоречили один другому. Постоянная, явная, противная очевидности лесть окружающих его людей довела его до того, что он не видел уже своих противоречий, не сообразовал уже свои поступки и слова с действительностью, с логикой или даже с простым здравым смыслом, а вполне был уверен, что все его распоряжения, как бы они ни были бессмысленны, несправедливы и несогласны между собою, становились и осмысленны, и справедливы, и согласны между собой только потому, что он их делал.

Таково было и его решение о студенте медико-хирургической академии, о котором после кавказского доклада стал докладывать Чернышев.

Дело состояло в том, что молодой человек, два раза не выдержавший экзамен, держал третий раз, и когда экзаменатор опять не пропустил его, болезненно-нервный студент, видя в этом несправедливость, схватил со стола перочинный ножик и в каком-то припадке исступления бросился на профессора и нанес ему несколько ничтожных ран.

- Как фамилия? - спросил Николай.

– Бжезовский.

– Поляк?

– Польского происхождения и католик, – отвечал Чернышев.

Николай нахмурился.

Он сделал много зла полякам. Для объяснения этого зла ему надо было быть уверенным, что все поляки негодяи. И Николай считал их таковыми и ненавидел их в мере того зла, которое он сделал им.

– Подожди немного, – сказал он и, закрыв глаза, опустил голову.

Чернышев знал, слышав это не раз от Николая, что, когда ему нужно решить какой-либо важный вопрос, ему нужно было только сосредоточиться на несколько мгновений, и что тогда на него находило наитие, и решение составлялось само собою самое верное, как бы какой-то внутренний голос говорил ему, что нужно сделать. Он думал теперь о том, как бы полнее удовлетворить тому чувству злобы к полякам, которое в нем расшевелилось историей этого студента, и внутренний голос подсказал ему следующее решение. Он взял доклад и на поле его написал своим крупным почерком: *«Заслуживает смертной казни. Но, слава Богу, смертной казни у нас нет. И не мне вводить ее. Провести 12 раз скрозь тысячу человек. Николай»,* – подписал он своим неестественным, огромным росчерком.

Николай знал, что двенадцать тысяч шпицрутенов была не только верная, мучительная смерть, но излишняя жестокость, так как достаточно было пяти тысяч ударов, чтобы убить самого сильного человека. Но ему приятно было быть неумолимо жестоким и приятно было думать, что у нас нет смертной казни.

Написав свою резолюцию о студенте, он подвинул ее Чернышеву.

– Вот, – сказал он. – Прочти.

Чернышев прочел и, в знак почтительного удивления мудрости решения, наклонил голову.

– Да вывести всех студентов на плац, чтобы они присутствовали при наказании, – прибавил Николай.

«Им полезно будет. Я выведу этот революционный дух, вырву с корнем», – подумал он.

– Слушаю, – сказал Чернышев и, помолчав несколько и оправив свой хохол, возвратился к кавказскому докладу.

– Так как прикажете написать Михаилу Семеновичу?

– Твердо держаться моей системы разорения жилищ, уничтожения продовольствия в Чечне и тревожить их набегами, – сказал Николай.

– О Хаджи-Мурате что прикажете? – спросил Чернышев.

– Да ведь Воронцов пишет, что хочет употребить его на Кавказе.

– Не рискованно ли это? – сказал Чернышев, избегая взгляда Николая. – Михаил Семенович, боюсь, слишком доверчив.

– А ты что думал бы? – резко переспросил Николай, подметив намерение Чернышева выставить в дурном свете распоряжение Воронцова.

– Да я думал бы, безопаснее отправить его в Россию.

– Ты думал, – насмешливо сказал Николай. – А я не думаю и согласен с Воронцовым. Так и напиши ему.

– Слушаю, – сказал Чернышев и, встав, стал откланиваться.

Откланялся и Долгорукий, который во все время доклада сказал только несколько слов о перемещении войск на вопросы Николая.

После Чернышева был принят приехавший откланяться генерал-губернатор Западного края, Бибиков. Одобрив принятые Бибиковым меры против бунтующих крестьян, не хотевших переходить в православие, он приказал ему судить всех неповинующихся военным судом. Это значило приговаривать к прогнанию сквозь строй. Кроме того, он приказал еще отдать в солдаты редактора газеты, напечатавшего сведения о перечислении нескольких тысяч душ государственных крестьян в удельные.

– Я делаю это потому, что считаю это нужным, – сказал он. – А рассуждать об этом не позволяю.

Бибиков понимал всю жестокость распоряжения об униатах и всю несправедливость перевода государственных, то есть единственных в то время свободных людей, в удельные, то есть в крепостные царской фамилии. Но возражать нельзя было. Не согласиться с распоряжением Николая – значило лишиться всего того блестящего положения, которое он приобретал сорок лет и которым пользовался. И потому он покорно наклонил свою черную седеющую голову в знак покорности и готовности исполнения жестокой, безумной и нечестной высочайшей воли.

Отпустив Бибикова, Николай с сознанием хорошо исполненного долга потянулся, взглянул на часы и пошел одеваться для выхода. Надев на себя мундир с эполетами, орденами и лентой, он вышел в приемные залы, где более ста человек мужчин в мундирах и женщин в вырезных нарядных платьях, расставленные все по определенным местам, с трепетом ожидали его выхода.

С безжизненным взглядом, с выпяченною грудью и перетянутым и выступающим из-за перетяжки и сверху и снизу животом, он вышел к ожидавшим, и, чувствуя, что все взгляды с трепетным подобострастием обращены на него, он принял еще более торжественный вид. Встречаясь глазами с знакомыми лицами, он, вспоминая кто – кто, останавливался и говорил иногда по-русски, иногда по-французски несколько слов и, пронизывая их холодным, безжизненным взглядом, слушал, что ему говорили.

Приняв поздравления, Николай прошел в церковь.

Бог через своих слуг, так же как и мирские люди, приветствовал и восхвалял Николая, и он как должное, хотя и наскучившее ему, принимал эти приветствия, восхваления. Все это должно было так быть, потому что от него зависело благоденствие и счастье всего мира, и хотя он уставал от этого, он все-таки не отказывал миру в своем содействии. Когда в конце обедни великолепный расчесанный дьякон провозгласил «многая лета» и певчие прекрасными голосами дружно подхватили эти слова, Николай, оглянувшись, заметил стоявшую у окна Нелидову с ее пышными плечами и в ее пользу решил сравнение с вчерашней девицей.

После обедни он пошел к императрице и в семейном кругу провел несколько минут, шутя с детьми и женой. Потом он через Эрмитаж зашел к министру двора Волконскому и между прочим поручил ему выдавать из своих особенных сумм ежегодную пенсию матери вчерашней девицы. И от него поехал на свою обычную прогулку.

Обед в этот день был в Помпейском зале; кроме меньших сыновей, Николая и Михаила, были приглашены: барон Ливен, граф Ржевусский, Долгорукий, прусский посланник и флигель-адъютант прусского короля.

Дожидаясь выхода императрицы и императора, между прусским посланником и бароном Ливен завязался интересный разговор по случаю последних тревожных известий, полученных из Польши.

– La Pologne et le Caucase, ce sont les deux cautères de la Russie, – сказал Ливен. – Il nous faut cent mille hommes à peu près dans chacun de ces deux pays[1].

Посланник выразил притворное удивление тому, что это так.

– Vous dites la Pologne, – сказал он.

– Oh, oui, c'était un coup de maître de Maeternich de nous en avoir laisse d'embarras…[2]

В этом месте разговора вошла императрица с своей трясущейся головой и замершей улыбкой, и вслед за ней Николай.

---

[1] – Польша и Кавказ – это две болячки России. Нам нужно по крайней мере сто тысяч человек в каждой из этих стран (*фр.*).

[2] – Вы говорите, Польша.

– О да, это был искусный ход Меттерниха, чтобы причинить нам затруднения… (*фр.*)

За столом Николай рассказал о выходе Хаджи-Мурата и о том, что война кавказская теперь должна скоро кончиться вследствие его распоряжения о стеснении горцев вырубкой лесов и системой укреплений.

Посланник, перекинувшись беглым взглядом с прусским флигель-адъютантом, с которым он нынче утром еще говорил о несчастной слабости Николая считать себя великим стратегом, очень хвалил этот план, доказывающий еще раз великие стратегические способности Николая.

После обеда Николай ездил в балет, где в трико маршировали сотни обнаженных женщин. Одна особенно приглянулась ему, и, позвав балетмейстера, Николай благодарил его и велел подарить ему перстень с брильянтами.

На другой день при докладе Чернышева Николай еще раз подтвердил свое распоряжение Воронцову о том, чтобы теперь, когда вышел Хаджи-Мурат, усиленно тревожить Чечню и сжимать ее кордонной линией.

Чернышев написал в этом смысле Воронцову, и другой фельдъегерь, загоняя лошадей и разбивая лица ямщиков, поскакал в Тифлис.

XVI

Во исполнение этого предписания Николая Павловича тотчас же, в январе 1852 года, был предпринят набег в Чечню.

Отряд, назначенный в набег, состоял из четырех батальонов пехоты, двух сотен казаков и восьми орудий. Колонна шла дорогой. По обеим же сторонам колонны непрерывной цепью, спускаясь и поднимаясь по балкам, шли егеря в высоких сапогах, полушубках и папахах, с ружьями на плечах и патронами на перевязи. Как всегда, отряд двигался по неприятельской земле, соблюдая возможную тишину. Только изредка на канавках позвякивали встряхнутые орудия, или не понимающая приказа о тишине фыркала или ржала артиллерийская лошадь, или хриплым сдержанным голосом кричал рассерженный начальник на своих подчиненных за то, что цепь или слишком растянулась, или слишком близко или далеко идет от колонны. Один раз только тишина нарушилась тем, что из небольшой куртинки колючки, находившейся между цепью и колонной, выскочила коза с белым брюшком и задом и серой спинкой и такой же козел с небольшими, на спину закинутыми рожками. Красивые испуганные животные большими прыжками, поджимая передние ноги, налетели на колонну так близко, что некоторые солдаты с криками и хохотом побежали за ними, намереваясь штыками заколоть их, но козы поворотили назад, проскочили сквозь цепь и, преследуемые несколькими конными и ротными собаками, как птицы, умчались в горы.

Еще была зима, но солнце начинало ходить выше, и в полдень, когда вышедший рано утром отряд прошел уже верст десять, пригревало так, что становилось жарко, и лучи его были так ярки, что больно было смотреть на сталь штыков и на блестки, которые вдруг вспыхивали на меди пушек, как маленькие солнца.

Позади была только что перейденная отрядом быстрая чистая речка, впереди – обработанные поля и луга с неглубокими балками, еще впереди – таинственные черные горы, покрытые лесом, за черными горами – еще выступающие скалы, и на высоком горизонте – вечно прелестные, вечно изменяющиеся, играющие светом, как алмазы, снеговые горы.

Впереди пятой роты шел, в черном сюртуке, в папахе и с шашкой через плечо, недавно перешедший из гвардии высокий красивый офицер Бутлер, испытывая бодрое чувство радости жизни и вместе с тем опасности смерти и желания деятельности и сознания причастности к огромному, управляемому одной волей целому. Бутлер нынче во второй раз выходил в дело, и ему радостно было думать, что вот сейчас начнут стрелять по ним и что он не только не согнет головы под пролетающим ядром или не обратит внимания на свист пуль, но, как это уже и было с ним, выше поднимет голову и с улыбкой в глазах будет оглядывать товарищей и солдат и заговорит самым равнодушным голосом о чем-нибудь постороннем.

Отряд свернул с хорошей дороги и повернул на малоезженую, шедшую среди кукурузного жнивья, и стал подходить к лесу, когда – не видно было, откуда – с зловещим свистом пролетело ядро и ударилось в середине обоза, подле дороги, в кукурузное поле, взрыв на нем землю.

– Начинается, – весело улыбаясь, сказал Бутлер шедшему с ним товарищу.

И действительно, вслед за ядром показалась из-за леса густая толпа конных чеченцев с значками. В середине партии был большой зеленый значок, и старый фельдфебель роты, очень дальнозоркий, сообщил близорукому Бутлеру, что это должен быть сам Шамиль. Партия спустилась под гору и показалась на вершине ближайшей балки справа и стала спускаться вниз. Маленький генерал в теплом черном сюртуке и папахе с большим белым курпеем подъехал на своем иноходце к роте Бутлера и приказал ему идти вправо против спускавшейся конницы. Бутлер быстро повел по указанному направлению свою роту, но не успел спуститься к балке, как услышал сзади себя один за другим два орудийные выстрела. Он оглянулся: два облака сизого дыма поднялись над двумя орудиями и потянулись вдоль балки. Партия, очевидно не ожидавшая артиллерии, пошла назад. Рота Бутлера стала стрелять вдогонку горцам, и вся лощина закрылась пороховым дымом. Только выше лощины видно было, как горцы поспешно отступали, отстреливаясь от преследующих их казаков. Отряд пошел дальше вслед за горцами, и на склоне второй балки открылся аул.

Бутлер с своей ротой бегом, вслед за казаками, вошел в аул. Жителей никого не было. Солдатам было велено жечь хлеб, сено и самые сакли. По всему аулу стелился едкий дым, и в дыму этом шныряли солдаты, вытаскивая из саклей, что находили, главное же – ловили и стреляли кур, которых не могли увезти горцы. Офицеры сели подальше от дыма и позавтракали и выпили. Фельдфебель принес им на доске несколько сотов меда. Чеченцев не слышно было. Немного после полдня велено было отступать. Роты построились за аулом в колонну, и Бутлеру пришлось быть в арьергарде. Как только тронулись, появились чеченцы и, следуя за отрядом, провожали его выстрелами.

Когда отряд вышел на открытое место, горцы отстали. У Бутлера никого не ранило, и он возвращался в самом веселом и бодром расположении духа.

Когда отряд, перейдя назад вброд перейденную утром речку, растянулся по кукурузным полям и лугам, песенники по ротам выступили вперед, и раздались песни. Ветру не было, воздух был свежий, чистый и такой прозрачный, что снеговые горы, отстоявшие за сотню верст, казались совсем близкими и что, когда песенники замолкали, слышался равномерный топот ног и побрякивание орудий, как фон, на котором зачиналась и останавливалась песня. Песня, которую пели в пятой роте Бутлера, была сочинена юнкером во славу полка и пелась на плясовой мотив с припевом: «То ли дело, то ли дело, егеря, егеря!»

Бутлер ехал верхом рядом с своим ближайшим начальником, майором Петровым, с которым он и жил вместе, и не мог нарадоваться на свое решение выйти из гвардии и уйти на Кавказ. Главная причина его перехода из гвардии была та, что он проигрался в карты в Петербурге, так что у него ничего не осталось. Он боялся, что не будет в силах удержаться от игры, оставаясь в гвардии, а проигрывать уже нечего было. Теперь все это было кончено. Была другая жизнь, и такая хорошая, молодецкая. Он забыл теперь и про свое разорение и свои неоплатные долги. И Кавказ, война, солдаты, офицеры, пьяный и добродушный храбрец майор Петров – все это казалось ему так хорошо, что он иногда не верил себе, что он не в Петербурге, не в накуренных комнатах загибает углы и понтирует, ненавидя банкомета и чувствуя давящую боль в голове, а здесь, в этом чудном краю, среди молодцов-кавказцев.

«То ли дело, то ли дело, егеря, егеря!» – пели его песенники. Лошадь его веселым шагом шагала под эту музыку. Ротный мохнатый серый Трезорка, точно начальник, закрутив хвост, с озабоченным видом бежал перед ротой Бутлера. На душе было бодро, спокойно и весело. Война представлялась ему только в том, что он подвергал себя опасности, возможности смерти и этим заслуживал и награды, и уважение и здешних товарищей, и своих русских друзей. Другая сторона войны: смерть, раны солдат, офицеров, горцев, как ни странно это сказать, и не представлялась его воображению. Он даже бессознательно, чтобы удержать свое поэтическое представление о войне, никогда не смотрел на убитых и раненых. Так и нынче – у нас было три убитых и двенадцать раненых. Он прошел мимо трупа, лежавшего на спине, и только одним глазом видел какое-то странное положение восковой руки и темно-красное пятно на голове и не стал рассматривать. Горцы представлялись ему только конными джигитами, от которых надо было защищаться.

– Так вот как-с, батюшка, – говорил майор в промежутке песни. – Не так-с, как у вас в Питере: равненье направо, равненье налево. А вот потрудились – и домой. Машурка нам теперь пирог подаст, щи хорошие. Жизнь! Так ли? Ну-ка, «Как вознялась заря», – скомандовал он свою любимую песню.

Майор жил супружески с дочерью фельдшера, сначала Машкой, а потом Марьей Дмитриевной. Марья Дмитриевна была красивая белокурая, вся в веснушках, тридцатилетняя бездетная женщина. Каково ни было ее прошедшее, теперь она была верной подругой майора, ухаживала за ним, как нянька, а это было нужно майору, часто напивавшемуся до потери сознания.

Когда пришли в крепость, все было, как предвидел майор. Марья Дмитриевна накормила его и Бутлера и еще приглашенных из отряда двух офицеров сытным, вкусным обедом, и майор наелся и напился так, что не мог уже говорить и пошел к себе спать. Бутлер, также усталый, но довольный и немного выпивший лишнего чихиря, пошел в свою комнатку и едва успел раздеться, как, подложив ладонь под красивую курчавую голову, заснул крепким сном без сновидений и просыпания.

XVII

Аул, разоренный набегом, был тот самый, в котором Хаджи-Мурат провел ночь перед выходом своим к русским.

Садо, у которого останавливался Хаджи-Мурат, уходил с семьей в горы, когда русские подходили к аулу. Вернувшись в свой аул, Садо нашел свою саклю разрушенной: крыша была провалена, и дверь и столбы галерейки сожжены, и внутренность огажена. Сын же его, тот красивый, с блестящими глазами мальчик, который восторженно смотрел на Хаджи-Мурата, был привезен мертвым к мечети на покрытой буркой лошади. Он был проткнут штыком в спину. Благообразная женщина, служившая, во время его посещения, Хаджи-Мурату, теперь, в разорванной на груди рубахе, открывавшей ее старые, обвисшие груди, с распущенными волосами, стояла над сыном и царапала себе в кровь лицо и не переставая выла. Садо с киркой и лопатой ушел с родными копать могилу сыну. Старик дед сидел у стены развaленной сакли и, строгая палочку, тупо смотрел перед собой. Он только что вернулся с своего пчельника. Бывшие там два стожка сена были сожжены; были поломаны и обожжены посаженные стариком и выхоженные абрикосовые и вишневые деревья и, главное, сожжены все ульи с пчелами. Вой женщин слышался во всех домах и на площади, куда были привезены еще два тела. Малые дети ревели вместе с матерями. Ревела и голодная скотина, которой нечего было дать. Взрослые дети не играли, а испуганными глазами смотрели на старших.

Фонтан был загажен, очевидно нарочно, так что воды нельзя было брать из него. Так же была загажена и мечеть, и мулла с муталимами очищал ее.

Старики хозяева собрались на площади и, сидя на корточках, обсуждали свое положение. О ненависти к русским никто и не говорил.

Чувство, которое испытывали все чеченцы от мала до велика, было сильнее ненависти. Это была не ненависть, а непризнание этих русских собак людьми и такое отвращение, гадливость и недоумение перед нелепой жестокостью этих существ, что желание истребления их, как желание истребления крыс, ядовитых пауков и волков, было таким же естественным чувством, как чувство самосохранения.

Перед жителями стоял выбор: оставаться на местах и восстановить с страшными усилиями все с такими трудами заведенное и так легко и бессмысленно уничтоженное, ожидая всякую минуту повторения того же, или, противно религиозному закону и чувству отвращения и презрения к русским, покориться им.

Старики помолились и единогласно решили послать к Шамилю послов, прося его о помощи, и тотчас же принялись за восстановление нарушенного.

XVIII

На третий день после набега Бутлер вышел уже не рано утром с заднего крыльца на улицу, намереваясь пройтись и подышать воздухом до утреннего чая, который он пил обыкновенно вместе с Петровым. Солнце уже вышло из-за гор, и больно было смотреть на освещенные им белые мазанки правой стороны улицы, но зато, как всегда, весело и успокоительно было смотреть налево, на удаляющиеся и возвышающиеся, покрытые лесом черные горы и на видневшуюся из-за ущелья матовую цепь снеговых гор, как всегда старавшихся притвориться облаками.

Бутлер смотрел на эти горы, дышал во все легкие и радовался тому, что он живет, и живет именно он, и на этом прекрасном свете. Радовался он немножко и тому, что он так хорошо вчера вел себя в деле и при наступлении и в особенности при отступлении, когда дело было довольно жаркое, радовался и воспоминанию о том, как вчера, по возвращении их из похода, Маша, или Марья Дмитриевна, сожительница Петрова, угощала их и была особенно проста и мила со всеми, но в особенности, как ему казалось, была к нему ласкова. Марья Дмитриевна, с ее толстой косой, широкими плечами, высокой грудью и сияющей улыбкой покрытого веснушками доброго лица, невольно влекла Бутлера, как сильного, молодого холостого человека, и ему казалось даже, что она желает его. Но он считал, что это было бы дурно по отношению доброго, простодушного товарища, и держался с Марьей Дмитриевной самого простого, почтительного обращения. И радовался на себя за это. Сейчас он думал об этом.

Мысли его развлек услышанный им перед собой частый топот многих лошадиных копыт по пыльной дороге, точно скакало несколько человек. Он поднял голову и увидал в конце улицы подъезжавшую шагом кучку всадников. Впереди десятков двух казаков ехали два человека: один – в белой черкеске и высокой папахе с чалмой, другой – офицер русской службы, черный, горбоносый, в синей черкеске, с изобилием серебра на одежде и на оружии. Под всадником с чалмой был рыже-игреневый красавец конь с маленькой головой, прекрасными глазами; под офицером была высокая щеголеватая карабахская лошадь. Бутлер, охотник до лошадей, тотчас же оценил бодрую силу первой лошади и остановился, чтобы узнать, кто были эти люди. Офицер обратился к Бутлеру:

– Это воинский начальник дом? – спросил он, выдавая и несклоняемой речью и выговором свое нерусское происхождение и указывая плетью на дом Ивана Матвеевича.

– Этот самый, – сказал Бутлер.

– А это кто же? – спросил Бутлер, ближе подходя к офицеру и указывая глазами на человека в чалме.

– Хаджи-Мурат это. Сюда ехал, тут гостить будет у воинский начальник, – сказал офицер.

Бутлер знал про Хаджи-Мурата и про выход его к русским, но никак не ожидал увидать его здесь, в этом маленьком укреплении.

Хаджи-Мурат дружелюбно смотрел на него.

– Здравствуйте, кошкольды, – сказал он выученное им приветствие по-татарски.

– Саубул, – ответил Хаджи-Мурат, кивая головой.

Он подъехал к Бутлеру и подал руку, на двух пальцах которой висела плеть.

– Начальник? – сказал он.

– Нет, начальник здесь, пойду позову его, – сказал Бутлер, обращаясь к офицеру и входя на ступеньки и толкая дверь.

Но дверь «парадного крыльца», как его называла Марья Дмитриевна, была заперта. Бутлер постучал, но, не получив ответа, пошел кругом через задний вход. Крикнув своего денщика и не получив ответа и не найдя ни одного из двух денщиков, он зашел в кухню. Марья Дмитриевна, повязанная платком и раскрасневшаяся, с засученными рукавами над белыми полными руками, разрезала скатанное такое же белое тесто, как и ее руки, на маленькие кусочки для пирожков.

– Куда денщики подевались? – сказал Бутлер.

– Пьянствовать ушли, – сказала Марья Дмитриевна. – Да вам что?

– Дверь отпереть; у вас перед домом целая орава горцев. Хаджи-Мурат приехал.

– Еще выдумайте что-нибудь, – сказала Марья Дмитриевна, улыбаясь.

– Я не шучу. Правда. Стоят у крыльца.

– Да неужели вправду? – сказала Марья Дмитриевна.

– Что ж мне вам выдумывать. Подите посмотрите, они у крыльца стоят.

– Вот так оказия, – сказала Марья Дмитриевна, опустив рукава и ощупывая рукой шпильки в своей густой косе. – Так я пойду разбужу Ивана Матвеевича, – сказала она.

– Нет, я сам пойду. А ты, Бондаренко, дверь поди отопри, – сказал Бутлер.

– Ну, и то хорошо, – сказала Марья Дмитриевна и опять взялась за свое дело.

Узнав, что к нему приехал Хаджи-Мурат, Иван Матвеевич, уже слышавший о том, что Хаджи-Мурат в Грозной, нисколько не удивился этому, а, приподнявшись, скрутил папироску, закурил и стал одеваться, громко откашливаясь и ворча на начальство, которое прислало к нему «этого черта». Одевшись, он потребовал от денщика «лекарства». И денщик, зная, что лекарством называлась водка, подал ему.

– Нет хуже смеси, – проворчал он, выпивая водку и закусывая черным хлебом. – Вот вчера выпил чихиря, и болит голова. Ну, теперь готов, – закончил он и пошел в гостиную, куда Бутлер уже провел Хаджи-Мурата и сопутствующего ему офицера.

Офицер, провожавший Хаджи-Мурата, передал Ивану Матвеевичу приказание начальника левого фланга принять Хаджи-Мурата и, дозволяя ему иметь сообщение с горцами через лазутчиков, отнюдь не выпускать его из крепости иначе как с конвоем казаков.

Прочтя бумагу, Иван Матвеевич поглядел пристально на Хаджи-Мурата и опять стал вникать в бумагу. Несколько раз переведя таким образом глаза с бумаги на гостя, он остановил, наконец, свои глаза на Хаджи-Мурате и сказал:

– Якши, бек-якши. Пускай живет. Так и скажи ему, что мне приказано не выпускать его. А что приказано, то свято. А поместим его – как думаешь, Бутлер? – поместим в канцелярии?

Бутлер не успел ответить, как Марья Дмитриевна, пришедшая из кухни и стоявшая в дверях, обратилась к Ивану Матвеевичу:

– Зачем в канцелярию? Поместите здесь. Кунацкую отдадим да кладовую. По крайней мере на глазах будет, – сказала она и, взглянув на Хаджи-Мурата и встретившись с ним глазами, поспешно отвернулась.

– Что же, я думаю, что Марья Дмитриевна права, – сказал Бутлер.

– Ну, ну, ступай, бабам тут нечего делать, – хмурясь, сказал Иван Матвеевич.

Во все время разговора Хаджи-Мурат сидел, заложив руку за рукоять кинжала, и чуть-чуть презрительно улыбался. Он сказал, что ему все равно, где жить. Одно, что ему нужно и что разрешено ему сардарем, это то, чтобы иметь сношения с горцами, и потому он желает, чтобы их допускали к нему. Иван Матвеевич сказал, что это будет сделано, и попросил Бутлера занять гостей, пока принесут им закусить и приготовят комнаты. Сам же он пойдет в канцелярию написать нужные бумаги и сделать нужные распоряжения.

Отношение Хаджи-Мурата к его новым знакомым сейчас же очень ясно определилось. К Ивану Матвеевичу Хаджи-Мурат с первого знакомства с ним почувствовал отвращение и презрение и всегда высокомерно обращался с ним. Марья Дмитриевна, которая готовила и приносила ему пищу, особенно нравилась ему. Ему нравилась и ее простота, и особенная красота чуждой ему народности, и бессознательно передававшееся ему ее влечение к нему. Он старался не смотреть на нее, не говорить с нею, но глаза его невольно обращались к ней и следили за ее движениями.

С Бутлером же он тотчас же, с первого знакомства, дружески сошелся и много и охотно говорил с ним, расспрашивая его про его жизнь и рассказывая ему про свою и сообщая о тех известиях, которые приносили ему лазутчики о положении его семьи, и даже советуясь с ним о том, что ему делать.

Известия, передаваемые ему лазутчиками, были нехороши. В продолжение четырех дней, которые он провел в крепости, они два раза приходили к нему, и оба раза известия были дурные.

XIX

Семья Хаджи-Мурата вскоре после того, как он вышел к русским, была привезена в аул Ведено и содержалась там под стражею, ожидая решения Шамиля. Женщины – старуха Патимат и две жены Хаджи-Мурата – и их пятеро малых детей жили под караулом в сакле сотенного Ибрагима Рашида, сын же Хаджи-Мурата, восемнадцатилетний юноша Юсуф, сидел в темнице, то есть в глубокой, более сажени, яме, вместе с четырьмя преступниками, ожидавшими, так же как и он, решения своей участи.

Решение не выходило, потому что Шамиль был в отъезде. Он был в походе против русских.

6 января 1852 года Шамиль возвращался домой в Ведено после сражения с русскими, в котором, по мнению русских, был разбит и бежал в Ведено; по его же мнению и мнению всех мюридов, одержал победу и прогнал русских. В сражении этом, что бывало очень редко, он сам выстрелил из винтовки и, выхватя шашку, пустил было свою лошадь прямо на русских, но сопутствующие ему мюриды удержали его. Два из них тут же подле Шамиля были убиты.

Был полдень, когда Шамиль, окруженный партией мюридов, джигитовавших вокруг него, стрелявших из винтовок и пистолетов и не переставая поющих «Ля илляха иль алла», подъехал к своему месту пребывания.

Весь народ большого аула Ведено стоял на улице и на крышах, встречая своего повелителя, и в знак торжества также стрелял из ружей и пистолетов. Шамиль ехал на арабском белом коне, весело попрашивавшем поводья при приближении к дому. Убранство коня было самое простое, без украшений золота и серебра: тонко выделанная, с дорожкой посередине, красная ременная уздечка, металлические, стаканчиками, стремена и красный чепрак, видневшийся из-под седла. На имаме была покрытая коричневым сукном шуба с видневшимся около шеи и рукавов черным мехом, стянутая на тонком и длинном стане черным ремнем с кинжалом. На голове была надета высокая, с плоским верхом папаха с черной кистью, обвитая белой чалмой, от которой конец спускался за шею. Ступни ног были в зеленых чувяках, и икры обтянуты черными ноговицами, обшитыми простым шнурком.

Вообще на имаме не было ничего блестящего, золотого или серебряного, и высокая, прямая, могучая фигура его, в одежде без украшений, окруженная мюридами с золотыми и серебряными украшениями на одежде и оружии, производила то самое впечатление величия, которое он желал и умел производить в народе. Бледное, окаймленное подстриженной рыжей бородой лицо его с постоянно сощуренными маленькими глазами было, как каменное, совершенно неподвижно. Проезжая по аулу, он чувствовал на себе тысячи устремленных глаз, но его глаза не смотрели ни на кого. Жены Хаджи-Мурата с детьми тоже вместе со всеми обитателями сакли вышли на галерею смотреть въезд имама. Одна старуха Патимат – мать Хаджи-Мурата, не вышла, а осталась сидеть, как она сидела, с растрепанными седеющими волосами, на полу сакли, охватив длинными руками свои худые колени, и, мигая своими жгучими черными глазами, смотрела на догорающие ветки в камине. Она, так же как и сын ее, всегда ненавидела Шамиля, теперь же еще больше, чем прежде, и не хотела видеть его.

Не видал также торжественного въезда Шамиля и сын Хаджи-Мурата. Он только слышал из своей темной вонючей ямы выстрелы и пение и мучался, как только мучаются молодые, полные жизни люди, лишенные свободы. Сидя в вонючей яме и видя все одних и тех же несчастных, грязных, изможденных, с ним вместе заключенных, большей частью ненавидящих друг друга людей, он страстно завидовал теперь тем людям, которые, пользуясь воздухом, светом, свободой, гарцевали теперь на лихих конях вокруг повелителя, стреляли и дружно пели «Ля илляха иль алла».

Проехав аул, Шамиль въехал в большой двор, примыкавший к внутреннему, в котором находился сераль Шамиля. Два вооруженные лезгина встретили Шамиля у отворенных ворот первого двора. Двор этот был полон народа. Тут были люди, пришедшие из дальних мест по своим делам, были и просители, были и вытребованные самим Шамилем для суда и решения. При въезде Шамиля все находившиеся на дворе встали и почтительно приветствовали имама, прикладывая руки к груди. Некоторые стали на колени и стояли так все время, пока Шамиль проезжал двор от одних, внешних, ворот до других, внутренних. Хотя Шамиль и узнал среди дожидавшихся его много неприятных ему лиц и много скучных просителей, требующих забот о них, он с тем же неизменно каменным лицом проехал мимо них и, въехав во внутренний двор, слез у галереи своего помещения, при въезде в ворота налево.

После напряжения похода, не столько физического, сколько духовного, потому что Шамиль, несмотря на гласное признание своего похода победой, знал, что поход его был неудачен, что много аулов чеченских сожжены и разорены, и переменчивый, легкомысленный народ, чеченцы, колеблются, и некоторые из них, ближайшие к русским, уже готовы перейти к ним, – все это было тяжело, против этого надо было принять меры, но в эту минуту Шамилю ничего не хотелось делать, ни о чем не хотелось думать. Он теперь хотел только одного: отдыха и прелести семейной ласки любимейшей из жен своих, восемнадцатилетней черноглазой, быстроногой кистинки Аминет.

Но не только нельзя было и думать о том, чтобы видеть теперь Аминет, которая была тут же за забором, отделявшим во внутреннем дворе помещение жен от мужского отделения (Шамиль был уверен, что даже теперь, пока он слезал с лошади, Аминет с другими женами смотрела в щель забора), но нельзя было не только пойти к ней, нельзя было просто лечь на пуховики отдохнуть от усталости. Надо было прежде всего совершить полуденный намаз, к которому он не имел теперь ни малейшего расположения, но неисполнение которого было не только невозможно в его положении религиозного руководителя народа, но и было для него самого так же необходимо, как ежедневная пища. И он совершил омовение и молитву. Окончив молитву, он позвал дожидавшихся его.

Первым вошел к нему его тесть и учитель, высокий седой благообразный старец с белой, как снег, бородой и красно-румяным лицом, Джемал-Эдин, и, помолившись богу, стал расспрашивать Шамиля о событиях похода и рассказывать о том, что произошло в горах во время его отсутствия.

В числе всякого рода событий – об убийствах по кровомщению, о покражах скота, об обвиненных в несоблюдении предписаний тариката: курении табаку, питии вина, – Джемал-Эдин сообщил о том, что Хаджи-Мурат высылал людей для того, чтобы вывести к русским его семью, но что это было обнаружено, и семья привезена в Ведено, где и находится под стражей, ожидая решения имама. В соседней кунацкой были собраны старики для обсуждения всех этих дел, и Джемал-Эдин советовал Шамилю нынче же отпустить их, так как они уже три дня дожидались его.

Поев у себя обед, который принесла ему остроносая, черная, неприятная лицом и нелюбимая, но старшая жена его Зайдет, Шамиль пошел в кунацкую.

Шесть человек, составляющие совет его, старики с седыми, серыми и рыжими бородами, в чалмах и без чалм, в высоких папахах и новых бешметах и черкесках, подпоясанные ремнями с кинжалами, встали ему навстречу. Шамиль был головой выше всех их. Все они, так же как и он, подняли руки ладонями кверху и, закрыв глаза, прочли молитву, потом отерли лицо руками, спуская их по бородам и соединяя одну с другою. Окончив это, все сели, Шамиль посредине, на более высокой подушке, и началось обсуждение всех предстоящих дел.

Дела обвиняемых в преступлениях лиц решали по шариату: двух людей приговорили за воровство к отрублению руки, одного к отрублению головы за убийство, троих помиловали. Потом приступили к главному делу: к обдумыванию мер против перехода чеченцев к русским. Для противодействия этим переходам Джемал-Эдином было составлено следующее провозглашение:

«Желаю вам вечный мир с богом всемогущим. Слышу я, что русские ласкают вас и призывают к покорности. Не верьте им и не покоряйтесь, а терпите. Если не будете вознаграждены за это в этой жизни, то получите награду в будущей. Вспомните, что было прежде, когда у вас отбирали оружие. Если бы не вразумил вас тогда, в 1840 году, бог, вы бы уже были солдатами и ходили вместо кинжалов со штыками, а жены ваши ходили бы без шаровар и были бы поруганы. Судите по прошедшему о будущем. Лучше умереть во вражде с русскими, чем жить с неверными. Потерпите, а я с Кораном и шашкою приду к вам и поведу вас против русских. Теперь же строго повелеваю не иметь не только намерения, но и помышления покоряться русским».

Шамиль одобрил это провозглашение и, подписав его, решил разослать его.

После этих дел было обсуждаемо и дело Хаджи-Мурата. Дело это было очень важное для Шамиля. Хотя он и не хотел признаться в этом, он знал, что, будь с ним Хаджи-Мурат с своей ловкостью, смелостью и храбростью, не случилось бы того, что случилось теперь в Чечне. Помириться с Хаджи-Муратом и опять пользоваться его услугами было хорошо; если же этого нельзя было, все-таки нельзя было допустить того, чтобы он помогал русским. И потому во всяком случае надо было вызвать его и, вызвав, убить его. Средство к этому было или то, чтобы подослать в Тифлис такого человека, который бы убил его там, или вызвать его сюда и здесь покончить с ним. Средство для этого было одно – его семья, и главное – его сын, к которому, Шамиль знал, что Хаджи-Мурат имел страстную любовь. И потому надо было действовать через сына.

Когда советники переговорили об этом, Шамиль закрыл глаза и умолк.

Советники знали, что это значило то, что он слушает теперь говорящий ему голос пророка, указывающий то, что должно быть сделано. После пятиминутного торжественного молчания Шамиль открыл глаза, еще более прищурил их и сказал:

– Приведите ко мне сына Хаджи-Мурата.

– Он здесь, – сказал Джемал-Эдин.

И действительно, Юсуф, сын Хаджи-Мурата, худой, бледный, оборванный и вонючий, но все еще красивый и своим телом и лицом, с такими же жгучими, как у бабки Патимат, черными глазами, уже стоял у ворот внешнего двора, ожидая призыва.

Юсуф не разделял чувств отца к Шамилю. Он не знал всего прошедшего, или знал, но, не пережив его, не понимал, зачем отец его так упорно враждует с Шамилем. Ему, желающему только одного: продолжения той легкой, разгульной жизни, какую он, как сын наиба, вел в Хунзахе, казалось совершенно ненужным враждовать с Шамилем. В отпор и противоречие отцу, он особенно восхищался Шамилем и питал к нему распространенное в горах восторженное поклонение. Он теперь с особенным чувством трепетного благоговения к имаму вошел в кунацкую и, остановившись у двери, встретился с упорным сощуренным взглядом Шамиля. Он постоял несколько времени, потом подошел к Шамилю и поцеловал его большую, с длинными пальцами белую руку.

– Ты сын Хаджи-Мурата?

– Я, имам.

– Ты знаешь, что он сделал?

– Знаю, имам, и жалею об этом.

– Умеешь писать?

– Я готовился быть муллой.

– Так напиши отцу, что, если он выйдет назад ко мне теперь, до байрама, я прощу его и все будет по-старому. Если же нет и он останется у русских, то, – Шамиль грозно нахмурился, – я отдам твою бабку, твою мать по аулам, а тебе отрублю голову.

Ни один мускул не дрогнул на лице Юсуфа, он наклонил голову в знак того, что понял слова Шамиля.

– Напиши так и отдай моему посланному.

Шамиль замолчал и долго смотрел на Юсуфа.

– Напиши, что я пожалел тебя и не убью, а выколю глаза, как я делаю всем изменникам. Иди.

Юсуф казался спокойным в присутствии Шамиля, но когда его вывели из кунацкой, он бросился на того, кто вел его, и, выхватив у него из ножен кинжал, хотел им зарезаться, но его схватили за руки, связали их и отвели опять в яму.

В этот вечер, когда кончилась вечерняя молитва и смеркалось, Шамиль надел белую шубу и вышел за забор в ту часть двора, где помещались его жены, и направился к комнате Аминет. Но Аминет не было там. Она была у старших жен. Тогда Шамиль, стараясь быть незаметным, стал за дверь комнаты, дожидаясь ее. Но Аминет была сердита на Шамиля за то, что он подарил шелковую материю не ей, а Зайдет. Она видела, как он вышел и как входил в ее комнату, отыскивая ее, и нарочно не пошла к себе. Она долго стояла в двери комнаты Зайдет и, тихо смеясь, глядела на белую фигуру, то входившую, то уходившую из ее комнаты. Тщетно прождав ее, Шамиль вернулся к себе уже ко времени полуночной молитвы.

XX

Хаджи-Мурат прожил неделю в укреплении в доме Ивана Матвеевича. Несмотря на то, что Марья Дмитриевна ссорилась с мохнатым Ханефи (Хаджи-Мурат взял с собой только двух: Ханефи и Элдара) и вытолкала его раз из кухни, за что тот чуть не зарезал ее, она, очевидно, питала особенные чувства и уважения и симпатии к Хаджи-Мурату. Она теперь уже не подавала ему обедать, передав эту заботу Элдару, но пользовалась всяким случаем увидать его и угодить ему. Она принимала также самое живое участие в переговорах об его семье, знала, сколько у него жен, детей, каких лет, и всякий раз после посещения лазутчика допрашивала, кого могла, о последствиях переговоров.

Бутлер же в эту неделю совсем сдружился с Хаджи-Муратом. Иногда Хаджи-Мурат приходил в его комнату, иногда Бутлер приходил к нему. Иногда они беседовали через переводчика, иногда же собственными средствами, знаками и, главное, улыбками. Хаджи-Мурат, очевидно, полюбил Бутлера. Это видно было по отношению к Бутлеру Элдара. Когда Бутлер входил в комнату Хаджи-Мурата, Элдар встречал Бутлера, радостно оскаливая свои блестящие зубы, и поспешно подкладывал ему подушки под сиденье и снимал с него шашку, если она была на нем.

Бутлер познакомился и сошелся также и с мохнатым Ханефи, названым братом Хаджи-Мурата. Ханефи знал много горских песен и хорошо пел их. Хаджи-Мурат, в угождение Бутлеру, призывал Ханефи и приказывал ему петь, называя те песни, которые он считал хорошими. Голос у Ханефи был высокий тенор, и пел он необыкновенно отчетливо и выразительно. Одна из песен особенно нравилась Хаджи-Мурату и поразила Бутлера своим торжественно-грустным напевом. Бутлер попросил переводчика пересказать ее содержание и записал ее.

Песня относилась к кровомщению – тому самому, что было между Ханефи и Хаджи-Муратом. Песня была такая:

«Высохнет земля на могиле моей – и забудешь ты меня, моя родная мать! Порастет кладбище могильной травой – заглушит трава твое горе, мой старый отец. Слезы высохнут на глазах сестры моей, улетит и горе из сердца ее.

Но не забудешь меня ты, мой старший брат, пока не отомстишь моей смерти. Не забудешь ты меня, и второй мой брат, пока не ляжешь рядом со мной.

Горяча ты, пуля, и несешь ты смерть, но не ты ли была моей верной рабой? Земля черная, ты покроешь меня, но не я ли тебя конем топтал? Холодна ты, смерть, но я был твоим господином. Мое тело возьмет земля, мою душу примет небо».

Хаджи-Мурат всегда слушал эту песню с закрытыми глазами и, когда она кончалась протяжной, замирающей нотой, всегда по-русски говорил:

– Хорош песня, умный песня.

Поэзия особенной, энергической горской жизни, с приездом Хаджи-Мурата и сближением с ним и его мюридами, еще более охватила Бутлера. Он завел себе бешмет, черкеску, ноговицы, и ему казалось, что он сам горец и что живет такою же, как и эти люди, жизнью.

В день отъезда Хаджи-Мурата Иван Матвеевич собрал несколько офицеров, чтобы проводить его. Офицеры сидели кто у чайного стола, где Марья Дмитриевна разливала чай, кто у другого стола – с водкой, чихирем и закуской, когда Хаджи-Мурат, одетый по-дорожному и в оружии, быстрыми мягкими шагами вошел, хромая, в комнату.

Все встали и по очереди за руку поздоровались с ним. Иван Матвеевич пригласил его на тахту, но он, поблагодарив, сел на стул у окна. Молчание, воцарившееся при его входе, очевидно, нисколько не смущало его. Он внимательно оглядел все лица и остановил равнодушный взгляд на столе с самоваром и закусками. Бойкий офицер Петроковский, в первый раз видевший Хаджи-Мурата, через переводчика спросил его, понравился ли ему Тифлис.

– Айя, – сказал он.

– Он говорит, что да, – отвечал переводчик.

– Что же понравилось ему?

Хаджи-Мурат что-то ответил.

– Больше всего ему понравился театр.

– Ну, а на бале у главнокомандующего понравилось ему?

Хаджи-Мурат нахмурился.

– У каждого народа свои обычаи. У нас женщины так не одеваются, – сказал он, взглянув на Марью Дмитриевну.

– Что же ему не понравилось?

– У нас пословица есть, – сказал он переводчику, – угостила собака ишака мясом, а ишак собаку сеном, – оба голодные остались. – Он улыбнулся. – Всякому народу свой обычай хорош.

Разговор дальше не пошел. Офицеры кто стал пить чай, кто закусывать. Хаджи-Мурат взял предложенный стакан чаю и поставил его перед собой.

– Что ж? Сливок? Булку? – сказала Марья Дмитриевна, подавая ему.

Хаджи-Мурат наклонил голову.

– Так что ж, прощай! – сказал Бутлер, трогая его по колену. – Когда увидимся?

– Прощай! прощай, – улыбаясь, по-русски сказал Хаджи-Мурат. – Кунак булур. Крепко кунак твоя. Время – айда пошел, – сказал он, тряхнув головой как бы тому направлению, куда надо ехать.

В дверях комнаты показался Элдар с чем-то большим белым через плечо и с шашкой в руке. Хаджи-Мурат поманил его, и Элдар подошел своими большими шагами к Хаджи-Мурату и подал ему белую бурку и шашку. Хаджи-Мурат встал, взял бурку и, перекинув ее через руку, подал Марье Дмитриевне, что-то сказав переводчику. Переводчик сказал:

– Он говорит: ты похвалила бурку, возьми.

– Зачем это? – сказала Марья Дмитриевна, покраснев.

– Так надо. Адат так, – сказал Хаджи-Мурат.

– Ну, благодарю, – сказала Марья Дмитриевна, взяв бурку. – Дай Бог вам сына выручить. Улан якши, – прибавила она. – Переведите ему, что желаю ему семью выручить.

Хаджи-Мурат взглянул на Марью Дмитриевну и одобрительно кивнул головой. Потом он взял из рук Элдара шашку и подал Ивану Матвеевичу. Иван Матвеевич взял шашку и сказал переводчику:

– Скажи ему, чтобы мерина моего бурого взял, больше нечем отдарить.

Хаджи-Мурат помахал рукой перед лицом, показывая этим, что ему ничего не нужно и что он не возьмет, а потом, показав на горы и на свое сердце, пошел к выходу. Все пошли за ним. Офицеры, оставшиеся в комнатах, вынув шашку, разглядывали клинок на ней и решили, что это была настоящая гурда.

Бутлер вышел вместе с Хаджи-Муратом на крыльцо. Но тут случилось то, чего никто не ожидал и что могло кончиться смертью Хаджи-Мурата, если бы не его сметливость, решительность и ловкость.

Жители кумыцкого аула Таш-Кичу, питавшие большое уважение к Хаджи-Мурату и много раз приезжавшие в укрепление, чтобы только взглянуть на знаменитого наиба, за три дня до отъезда Хаджи-Мурата послали к нему послов просить его в пятницу в их мечеть. Кумыцкие же князья, жившие в Таш-Кичу и ненавидевшие Хаджи-Мурата и имевшие с ним кровомщение, узнав об этом, объявили народу, что они не пустят Хаджи-Мурата в мечеть. Народ взволновался, и произошла драка народа с княжескими сторонниками. Русское начальство усмирило горцев и послало Хаджи-Мурату сказать, чтобы он не приезжал в мечеть. Хаджи-Мурат не поехал, и все думали, что дело тем и кончилось.

Но в самую минуту отъезда Хаджи-Мурата, когда он вышел на крыльцо и лошади стояли у подъезда, к дому Ивана Матвеевича подъехал знакомый Бутлеру и Ивану Матвеевичу кумыцкий князь Арслан-Хан.

Увидев Хаджи-Мурата и выхватив из-за пояса пистолет, он направил его на Хаджи-Мурата. Но не успел Арслан-Хан выстрелить, как Хаджи-Мурат, несмотря на свою хромоту, как кошка, быстро бросился с крыльца к Арслан-Хану. Арслан-Хан выстрелил и не попал. Хаджи-Мурат же, подбежав к нему, одной рукой схватил его лошадь за повод, другой выхватил кинжал и что-то по-татарски крикнул.

Бутлер и Элдар в одно и то же время подбежали к врагам и схватили их за руки. На выстрел вышел и Иван Матвеевич.

– Что же это ты, Арслан, у меня в доме затеял такую гадость! – сказал он, узнав, в чем дело. – Нехорошо это, брат. В поле две воли, а что же у меня резню такую затевать.

Арслан-Хан, маленький человечек с черными усами, весь бледный и дрожащий, сошел с лошади, злобно поглядел на Хаджи-Мурата и ушел с Иваном Матвеевичем в горницу. Хаджи-Мурат же вернулся к лошадям, тяжело дыша и улыбаясь.

– За что он его убить хотел? – спросил Бутлер через переводчика.

– Он говорит, что такой у нас закон, – передал переводчик слова Хаджи-Мурата. – Арслан должен отомстить ему за кровь. Вот он и хотел убить.

– Ну, а если он догонит его дорогой? – спросил Бутлер.

Хаджи-Мурат улыбнулся.

– Что ж, – убьет, значит, так алла хочет. Ну, прощай, – сказал он опять по-русски и, взявшись за холку лошади, обвел глазами всех провожавших его и ласково встретился взглядом с Марьей Дмитриевной.

– Прощай, матушка, – сказал он, обращаясь к ней, – спасиб.

– Дай Бог, дай Бог семью выручить, – повторила Марья Дмитриевна.

Он не понял слов, но понял ее участие к нему и кивнул ей головой.

– Смотри, не забудь кунака, – сказал Бутлер.

– Скажи, что я верный друг ему, никогда не забуду, – ответил он через переводчика и, несмотря на свою кривую ногу, только что дотронулся до стремени, как быстро и легко перенес свое тело на высокое седло и, оправив шашку, ощупав привычным движением пистолет, с тем особенным гордым, воинственным видом, с которым сидит горец на лошади, поехал прочь от дома Ивана Матвеевича. Ханефи и Элдар также сели на лошадей и, дружелюбно простившись с хозяевами и офицерами, поехали рысью за своим мюршидом.

Как всегда, начались толки об уехавшем.

– Молодчина!

– Ведь как волк бросился на Арслан-Хана, совсем лицо другое стало.

– А надует он. Плут большой должен быть, – сказал Петроковский.

– Дай Бог, чтобы побольше русских таких плутов было, – вдруг с досадой вмешалась Марья Дмитриевна. – Неделю у нас прожил: кроме хорошего, ничего от него не видали, – сказала она. – Обходительный, умный, справедливый.

– Почем вы это всё узнали?

– Стало быть, узнала.

– Втюрилась, а? – сказал вошедший Иван Матвеевич. – Уж это как есть.

– Ну и втюрилась. А вам что? Только зачем осуждать, когда человек хороший. Он татарин, а хороший.

– Правда, Марья Дмитриевна, – сказал Бутлер. – Молодец, что заступились.

XXI

Жизнь обитателей передовых крепостей на чеченской линии шла по-старому. Были с тех пор две тревоги, на которые выбегали роты и скакали казаки и милиционеры, но оба раза горцев не могли остановить. Они уходили и один раз в Воздвиженской угнали восемь лошадей казачьих с водопоя и убили казака. Набегов со времени последнего, когда был разорен аул, не было. Только ожидалась большая экспедиция в Большую Чечню вследствие назначения нового начальника левого фланга, князя Барятинского.

Князь Барятинский, друг наследника, бывший командир Кабардинского полка, теперь, как начальник всего левого фланга, тотчас по приезде своем в Грозную собрал отряд, с тем чтобы продолжать исполнять те предначертания государя, о которых Чернышев писал Воронцову. Собранный в Воздвиженской отряд вышел из нее на позицию по направлению к Куринскому. Войска стояли там и рубили лес.

Молодой Воронцов жил в великолепной суконной палатке, и жена его, Марья Васильевна, приезжала в лагерь и часто оставалась ночевать. Ни от кого не были секретом отношения Барятинского с Марьей Васильевной, и потому непридворные офицеры и солдаты грубо ругали ее за то, что благодаря ее присутствию в лагере их рассылали в ночные секреты. Обыкновенно горцы подвозили орудия и пускали ядра в лагерь. Ядра эти большею частью не попадали, и потому в обыкновенное время против этих выстрелов не принималось никаких мер; но для того чтобы горцы не могли выдвигать орудия и пугать Марью Васильевну, высылались секреты. Ходить же каждую ночь в секреты для того, чтобы не напугать барыню, было оскорбительно и противно, и Марью Васильевну нехорошими словами честили солдаты и не принятые в высшее общество офицеры.

В этот отряд, чтобы повидать там собравшихся своих однокашников по Пажескому корпусу и однополчан, служивших в Куринском полку и адъютантами и ординарцами при начальстве, приехал в отпуск и Бутлер из своего укрепления. С начала его приезда ему было очень весело. Он остановился в палатке Полторацкого и нашел тут много радостно встретивших его знакомых. Он пошел и к Воронцову, которого он знал немного, потому что служил одно время в одном с ним полку. Воронцов принял его очень ласково и представил князю Барятинскому и пригласил его на прощальный обед, который он давал бывшему до Барятинского начальнику левого фланга, генералу Козловскому.

Обед был великолепный. Были привезены и поставлены рядом шесть палаток. Во всю длину их был накрыт стол, уставленный приборами и бутылками. Все напоминало петербургское гвардейское житье. В два часа сели за стол. В середине стола сидели: по одну сторону Козловский, по другую Барятинский. Справа от Козловского сидел муж, слева жена Воронцовы. Во всю длину с обеих сторон сидели офицеры Кабардинского и Куринского полков. Бутлер сидел рядом с Полторацким, оба весело болтали и пили с соседями-офицерами. Когда дело дошло до жаркого и денщики стали разливать по бокалам шампанское, Полторацкий с искренним страхом и сожалением сказал Бутлеру:

– Осрамится наш «как».

– А что?

– Да ведь ему надо речь говорить. А что же он может?

– Да, брат, это не то, что под пулями завалы брать. А еще тут рядом дама да эти придворные господа. Право, жалко смотреть на него, – говорили между собою офицеры.

Но вот наступила торжественная минута. Барятинский встал и, подняв бокал, обратился к Козловскому с короткой речью. Когда Барятинский кончил, Козловский встал и довольно твердым голосом начал:

– По высочайшей его величества воле, я уезжаю от вас, расстаюсь с вами, господа офицеры, – сказал он. – Но считайте меня всегда, как, с вами... Вам, господа, знакома, как, истина – один в поле не воин. Поэтому всё, чем я на службе моей, как, награжден, всё, как, чем осыпан, великими щедротами государя императора, как, всем положением моим и, как, добрым именем – всем, всем решительно, как... – здесь голос его задрожал, – я, как, обязан одним вам и одним вам, дорогие друзья мои! – И морщинистое лицо сморщилось еще больше. Он всхлипнул, и слезы выступили ему на глаза. – От всего сердца приношу вам, как, мою искреннюю задушевную признательность...

Козловский не мог говорить дальше и, встав, стал обнимать офицеров, которые подходили к нему. Все были растроганы. Княгиня закрыла лицо платком. Князь Семен Михайлович, скривя рот, моргал глазами. Многие из офицеров тоже прослезились. Бутлер, который очень мало знал Козловского, тоже не мог удержать слез. Все это ему чрезвычайно нравилось. Потом начались тосты за Барятинского, за Воронцова, за офицеров, за солдат, и гости вышли от обеда опьяненные и выпитым вином, и военным восторгом, к которому они и так были особенно склонны.

Погода была чудная, солнечная, тихая, с бодрящим свежим воздухом. Со всех сторон трещали костры, слышались песни. Казалось, все праздновали что-то. Бутлер в самом счастливом, умиленном расположении духа пошел к Полторацкому. К Полторацкому собрались офицеры, раскинули карточный стол, и адъютант заложил банк в сто рублей. Раза два Бутлер выходил из палатки, держа в руке, в кармане панталон, свой кошелек, но, наконец, не выдержал и, несмотря на данное себе и братьям слово не играть, стал понтировать.

И не прошло часу, как Бутлер, весь красный, в поту, испачканный мелом, сидел, облокотившись обеими руками на стол, и писал под смятыми на углы и транспорты картами цифры своих ставок. Он проиграл так много, что уж боялся счесть то, что было за ним записано. Он, не считая, знал, что, отдав все жалованье, которое он мог взять вперед, и цену своей лошади, он все-таки не мог заплатить всего, что было за ним записано незнакомым адъютантом. Он бы играл и еще, но адъютант с строгим лицом положил своими белыми чистыми руками карты и стал считать меловую колонну записей Бутлера. Бутлер сконфуженно просил извинить его за то, что не может заплатить сейчас всего того, что проиграл, и сказал, что он пришлет из дому, и когда он сказал это, он заметил, что всем стало жаль его и что все, даже Полторацкий, избегали его взгляда. Это был последний его вечер. Стоило ему не играть, а пойти к Воронцову, куда его звали, «и все бы было хорошо», – думал он. А теперь было не только не хорошо, но было ужасно.

Простившись с товарищами и знакомыми, он уехал домой и, приехав, тотчас же лег спать и спал восемнадцать часов сряду, как спят обыкновенно после проигрыша. Марья Дмитриевна по тому, что он попросил у нее полтинник, чтобы дать на чай провожавшему его казаку, и по его грустному виду и коротким ответам поняла, что он проигрался, и напала на Ивана Матвеевича, зачем он отпускал его.

На другой день Бутлер проснулся в двенадцатом часу и, вспомнив свое положение, хотел бы опять нырнуть в забвение, из которого только что вышел, но нельзя было. Надо было принять меры, чтобы выплатить четыреста семьдесят рублей, которые он остался должен незнакомому человеку. Одна из этих мер состояла в том, что он написал письмо брату, каясь в своем грехе и умоляя его выслать ему в последний раз пятьсот рублей в счет той мельницы, которая оставалась еще у них в общем владении. Потом он написал своей скупой родственнице, прося ее дать ему на каких она хочет процентах те же пятьсот рублей. Потом он пошел к Ивану Матвеевичу и, зная, что у него или, скорее, у Марьи Дмитриевны есть деньги, просил его дать ему взаймы пятьсот рублей.

– Я бы дал, – сказал Иван Матвеевич, – сейчас отдал бы, да Машка не даст. Они, эти бабы, очень уж прижимисты, черт их знает. А надо, надо выкрутиться, черт его возьми. У того черта, у маркитанта, нет ли?

Но у маркитанта нечего было и пробовать занимать. Так что спасение Бутлера могло прийти только от брата или от скупой родственницы.

XXII

Не достигнув своей цели в Чечне, Хаджи-Мурат вернулся в Тифлис и каждый день ходил к Воронцову и, когда его принимали, умолял его собрать горских пленных и выменять на них его семью. Он опять говорил, что без этого он связан и не может, как он хотел бы, служить русским и уничтожить Шамиля. Воронцов неопределенно обещал сделать, что может, но откладывал, говоря, что он решит дело, когда приедет в Тифлис генерал Аргутинский и он переговорит с ним. Тогда Хаджи-Мурат стал просить Воронцова разрешить ему съездить на время и пожить в Нухе, небольшом городке Закавказья, где он полагал, что ему удобнее будет вести переговоры с Шамилем и с преданными ему людьми о своей семье. Кроме того, в Нухе, магометанском городе, была мечеть, где он более удобно мог исполнять требуемые магометанским законом молитвы. Воронцов написал об этом в Петербург, а между тем все-таки разрешил Хаджи-Мурату переехать в Нуху.

Для Воронцова, для петербургских властей, так же как и для большинства русских людей, знавших историю Хаджи-Мурата, история эта представлялась или счастливым оборотом в кавказской войне, или просто интересным случаем; для Хаджи-Мурата же это был, особенно в последнее время, страшный поворот в его жизни. Он бежал из гор, отчасти спасая себя, отчасти из ненависти к Шамилю, и, как ни трудно было это бегство, он достиг своей цели, и в первое время его радовал его успех и он действительно обдумывал планы нападения на Шамиля. Но оказалось, что выход его семьи, который, он думал, легко устроить, был труднее, чем он думал. Шамиль захватил его семью и, держа ее в плену, обещал раздать женщин по аулам и убить или ослепить сына. Теперь Хаджи-Мурат переезжал в Нуху с намерением попытаться через своих приверженцев в Дагестане хитростью или силой вырвать семью от Шамиля. Последний лазутчик, который был у него в Нухе, сообщил ему, что преданные ему аварцы собираются похитить его семью и выйти вместе с семьею к русским, но людей, готовых на это, слишком мало, и что они не решаются сделать этого в месте заключения семьи, в Ведено, но сделают это только в том случае, если семью переведут из Ведено в другое место. Тогда на пути они обещаются сделать это. Хаджи-Мурат велел сказать своим друзьям, что он обещает три тысячи рублей за выручку семьи.

В Нухе Хаджи-Мурату был отведен небольшой дом в пять комнат, недалеко от мечети и ханского дворца. В том же доме жили приставленные к нему офицеры и переводчик и его нукеры. Жизнь Хаджи-Мурата проходила в ожидании и приеме лазутчиков из гор и в разрешенных ему прогулках верхом по окрестностям Нухи.

Вернувшись 8 апреля с прогулки, Хаджи-Мурат узнал, что в его отсутствие приехал чиновник из Тифлиса. Несмотря на все желание узнать, что привез ему чиновник, Хаджи-Мурат, прежде чем идти в ту комнату, где его ожидали пристав с чиновником, пошел к себе и совершил полуденную молитву. Окончив молитву, он вышел в другую комнату, служившую гостиной и приемной. Приехавший из Тифлиса чиновник, толстенький статский советник Кириллов, передал Хаджи-Мурату желание Воронцова, чтоб он к двенадцатому числу приехал в Тифлис для свидания с Аргутинским.

– Якши, – сердито сказал Хаджи-Мурат.

Чиновник Кириллов не понравился ему.

– А деньги привез?

– Привез, – сказал Кириллов.

– За две недели теперь, – сказал Хаджи-Мурат и показал десять пальцев и еще четыре. – Давай.

– Сейчас дадим, – сказал чиновник, доставая кошелек из своей дорожной сумки. – И на что ему деньги? – сказал он по-русски приставу, полагая, что Хаджи-Мурат не понимает, но Хаджи-Мурат понял и сердито взглянул на Кириллова. Доставая деньги, Кириллов, желая разговориться с Хаджи-Муратом, с тем чтобы иметь что передать по возвращении своем князю Воронцову, спросил у него через переводчика, скучно ли ему здесь. Хаджи-Мурат сбоку взглянул презрительно на маленького толстого человечка в штатском и без оружия и ничего не ответил. Переводчик повторил вопрос:

– Скажи ему, что я не хочу с ним говорить. Пускай даст деньги.

И, сказав это, Хаджи-Мурат опять сел к столу, собираясь считать деньги.

Когда Кириллов вынул золотые и разложил семь столбиков по десять золотых (Хаджи-Мурат получал по пять золотых в день), он подвинул их к Хаджи-Мурату. Хаджи-Мурат ссыпал золотые в рукав черкески, поднялся и совершенно неожиданно хлопнул статского советника по плеши и пошел из комнаты. Статский советник привскочил и велел переводчику сказать, что он не должен сметь этого делать, потому что он в чине полковника. То же подтвердил и пристав. Но Хаджи-Мурат кивнул головой в знак того, что он знает, и вышел из комнаты.

– Что с ним станешь делать, – сказал пристав. – Пырнет кинжалом, вот и все. С этими чертями не сговоришь. Я вижу, он беситься начинает.

Как только смерклось, пришли из гор обвязанные до глаз башлыками два лазутчика. Пристав провел их в комнаты к Хаджи-Мурату. Один из лазутчиков был мясистый, черный тавлинец, другой – худой старик. Известия, принесенные ими, были для Хаджи-Мурата нерадостные. Друзья его, взявшиеся выручить семью, теперь прямо отказывались, боясь Шамиля, который угрожал самыми страшными казнями тем, кто будут помогать Хаджи-Мурату. Отслушав рассказ лазутчиков, Хаджи-Мурат облокотил руки на скрещенные ноги и, опустив голову в папахе, долго молчал. Хаджи-Мурат думал, и думал решительно. Он знал, что думает теперь в последний раз и необходимо решение. Хаджи-Мурат поднял голову и, достав два золотых, отдал лазутчикам по одному и сказал:

– Идите.

– Какой будет ответ?

– Ответ будет, какой даст Бог. Идите.

Лазутчики встали и ушли, а Хаджи-Мурат продолжал сидеть на ковре, опершись локтями на колени. Он долго сидел так и думал.

«Что делать? Поверить Шамилю и вернуться к нему? – думал Хаджи-Мурат. – Он лисица – обманет. Если же бы он и не обманул, то покориться ему, рыжему обманщику, нельзя было. Нельзя было потому, что он теперь, после того как я побыл у русских, уже не поверит мне», – думал Хаджи-Мурат.

И он вспомнил сказку тавлинскую о соколе, который был пойман, жил у людей и потом вернулся в свои горы к своим. Он вернулся, но в путах, и на путах остались бубенцы. И соколы не приняли его. «Лети, – сказали они, – туда, где надели на тебя серебряные бубенцы. У нас нет бубенцов, нет и пут». Сокол не хотел покидать родину и остался. Но другие соколы не приняли и заклевали его.

«Так заклюют и меня», – думал Хаджи-Мурат.

«Остаться здесь? Покорить русскому царю Кавказ, заслужить славу, чины, богатство?»

«Это можно», – думал он, вспоминая про свои свидания с Воронцовым и лестные слова старого князя.

«Но надо сейчас решить, а то он погубит семью».

Всю ночь Хаджи-Мурат не спал и думал.

XXIII

К середине ночи решение его было составлено. Он решил, что надо бежать в горы и с преданными аварцами ворваться в Ведено и или умереть, или освободить семью. Выведет ли он семью назад к русским, или бежит с нею в Хунзах и будет бороться с Шамилем, – Хаджи-Мурат не решал. Он знал только то, что сейчас надо было бежать от русских в горы. И он сейчас стал приводить это решение в исполнение. Он взял из-под подушки свой черный ватный бешмет и пошел в помещение своих нукеров. Они жили через сени. Как только он вышел в сени с отворенной дверью, его охватила росистая свежесть лунной ночи и ударили в уши свисты и щелканье сразу нескольких соловьев из сада, примыкавшего к дому.

Пройдя сени, Хаджи-Мурат отворил дверь в комнату нукеров. В комнате этой не было света, только молодой месяц в первой четверти светил в окна. Стол и два стула стояли в стороне, и все четыре нукера лежали на коврах и бурках на полу. Ханефи спал на дворе с лошадьми. Гамзало, услыхав скрип двери, поднялся, оглянулся на Хаджи-Мурата и, узнав его, опять лег. Элдар же, лежавший подле, вскочил и стал надевать бешмет, ожидая приказаний. Курбан и Хан-Магома спали. Хаджи-Мурат положил бешмет на стол, и бешмет стукнул о доски стола чем-то крепким. Это были зашитые в нем золотые.

– Зашей и эти, – сказал Хаджи-Мурат, подавая Элдару полученные нынче золотые.

Элдар взял золотые и тотчас же, выйдя на светлое место, достал из-под кинжала ножичек и стал пороть подкладку бешмета. Гамзало приподнялся и сидел, скрестив ноги.

– А ты, Гамзало, вели молодцам осмотреть ружья, пистолеты, приготовить заряды. Завтра поедем далеко, – сказал Хаджи-Мурат.

– Порох есть, пули есть. Будет готово, – сказал Гамзало и зарычал что-то непонятное.

Гамзало понял, для чего Хаджи-Мурат велел зарядить ружья. Он с самого начала, и что дальше, то сильнее и сильнее, желал одного: побить, порезать, сколько можно, русских собак и бежать в горы. И теперь он видел, что этого самого хочет и Хаджи-Мурат, и был доволен.

Когда Хаджи-Мурат ушел, Гамзало разбудил товарищей, и все четверо всю ночь пересматривали винтовки, пистолеты, затравки, кремни, переменяли плохие, подсыпали на полки свежего пороху, затыкали хозыри с отмеренными зарядами пороха, пулями, обернутыми в масленые тряпки, точили шашки и кинжалы и мазали клинки салом.

Перед рассветом Хаджи-Мурат опять вышел в сени, чтобы взять воды для омовения. В сенях еще громче и чаще, чем с вечера, слышны были заливавшиеся перед светом соловьи. В комнате же нукеров слышно было равномерное шипение и свистение железа по камню оттачиваемого кинжала. Хаджи-Мурат зачерпнул воды из кадки и подошел уже к своей двери, когда услыхал в комнате мюридов, кроме звука точения, еще и тонкий голос Ханефи, певшего знакомую Хаджи-Мурату песню. Хаджи-Мурат остановился и стал слушать.

В песне говорилось о том, как джигит Гамзат угнал с своими молодцами с русской стороны табун белых коней. Как потом его настиг за Тереком русский князь и как он окружил его своим, как лес, большим войском. Потом пелось о том, как Гамзат порезал лошадей и с молодцами своими засел за кровавым завалом убитых коней и бился с русскими до тех пор, пока были пули в ружьях и кинжалы на поясах и кровь в жилах. Но прежде чем умереть, Гамзат увидал птиц на небе и закричал им: «Вы, перелетные птицы, летите в наши дома и скажите вы нашим сестрам, матерям и белым девушкам, что умерли мы все за хазават. Скажите им, что не будут наши тела лежать в могилах, а растаскают и оглодают наши кости жадные волки и выклюют глаза нам черные вороны».

Этими словами кончалась песня, и к этим последним словам, пропетым заунывным напевом, присоединился бодрый голос веселого Хан-Магомы, который при самом конце песни громко закричал: «Ля илляха иль алла» – и пронзительно завизжал. Потом все затихло, и опять слышалось только соловьиное чмоканье и свист из сада и равномерное шипение и изредка свистение быстро скользящего по камням железа из-за двери.

Хаджи-Мурат так задумался, что не заметил, как нагнул кувшин, и вода лилась из него. Он покачал на себя головой и вошел в свою комнату.

Совершив утренний намаз, Хаджи-Мурат осмотрел свое оружие и сел на свою постель. Делать было больше нечего. Для того чтобы выехать, надо было спроситься у пристава. А на дворе еще было темно, и пристав еще спал.

Песня Ханефи напомнила ему другую песню, сложенную его матерью. Песня эта рассказывала то, что действительно было – было тогда, когда Хаджи-Мурат только что родился, но про что ему рассказывала его мать.

Песня была такая:

«Булатный кинжал твой прорвал мою белую грудь, а я приложила к ней мое солнышко, моего мальчика, омыла его своей горячей кровью, и рана зажила без трав и кореньев, не боялась я смерти, не будет бояться и мальчик-джигит».

Слова этой песни обращены были к отцу Хаджи-Мурата, и смысл песни был тот, что, когда родился Хаджи-Мурат, ханша родила тоже своего другого сына, Умма-Хана, и потребовала к себе в кормилицы мать Хаджи-Мурата, выкормившую старшего ее сына, Абунунцала. Но Патимат не захотела оставить этого сына и сказала, что не пойдет.

Отец Хаджи-Мурата рассердился и приказывал ей. Когда же она опять отказалась, ударил ее кинжалом и убил бы ее, если бы ее не отняли. Так она и не отдала его и выкормила, и на это дело сложила песню.

Хаджи-Мурат вспомнил свою мать, когда она, укладывая его спать с собой рядом, под шубой, на крыше сакли, пела ему эту песню, и он просил ее показать ему то место на боку, где остался след от раны. Как живую, он видел перед собой свою мать – не такою сморщенной, седой и с решеткой зубов, какою он оставил ее теперь, а молодой, красивой и такой сильной, что она, когда ему было уже лет пять и он был тяжелый, носила его за спиной в корзине через горы к деду.

И вспомнился ему и морщинистый, с седой бородкой, дед, серебряник, как он чеканил серебро своими жилистыми руками и заставлял внука говорить молитвы. Вспомнился фонтан под горой, куда он, держась за шаровары матери, ходил с ней за водой. Вспомнилась худая собака, лизавшая его в лицо, и особенно запах и вкус дыма и кислого молока, когда он шел за матерью в сарай, где она доила корову и топила молоко. Вспомнилось, как мать в первый раз обрила ему голову и как в блестящем медном тазу, висевшем на стене, с удивлением увидел свою круглую синеющую головенку.

И, вспомнив себя маленьким, он вспомнил и об любимом сыне Юсуфе, которому он сам в первый раз обрил голову. Теперь этот Юсуф был уже молодой красавец джигит. Он вспомнил сына таким, каким видел его последний раз. Это было в тот день, как он выезжал из Цельмеса. Сын подал ему коня и попросил позволения проводить его. Он был одет и вооружен и держал в поводу свою лошадь. Румяное, молодое, красивое лицо Юсуфа и вся высокая, тонкая фигура его (он был выше отца) дышали отвагой молодости и радостью жизни. Широкие, несмотря на молодость, плечи, очень широкий юношеский таз и тонкий, длинный стан, длинные сильные руки и сила, гибкость, ловкость во всех движениях всегда радовали отца, и он всегда любовался сыном.

– Лучше оставайся. Ты один теперь в доме. Береги и мать и бабку, – сказал Хаджи-Мурат.

И Хаджи-Мурат помнил то выраженье молодечества и гордости, с которым, покраснев от удовольствия, Юсуф сказал, что, пока он жив, никто не сделает худого его матери и бабке. Юсуф все-таки сел верхом и проводил отца до ручья. От ручья он вернулся назад, и с тех пор Хаджи-Мурат уже не видал ни жены, ни матери, ни сына.

И вот этого-то сына хотел ослепить Шамиль! О том, что сделают с его женою, он не хотел и думать.

Мысли эти так взволновали Хаджи-Мурата, что он не мог более сидеть. Он вскочил и, хромая, быстро подошел к двери и, отворив ее, кликнул Элдара. Солнце еще не всходило, но было совсем светло. Соловьи не замолкали.

– Поди скажи приставу, что я желаю ехать на прогулку, и седлайте коней, – сказал он.

XXIV

Единственным утешением Бутлера была в это время воинственная поэзия, которой он предавался не только на службе, но и в частной жизни. Он, одетый в черкесский костюм, джигитовал верхом и ходил два раза в засаду с Богдановичем, хотя в оба раза эти они никого не подкараулили и никого не убили. Эта смелость и дружба с известным храбрецом Богдановичем казалась Бутлеру чем-то приятным и важным. Долг свой он уплатил, заняв деньги у еврея на огромные проценты, то есть только отсрочил и отдалил неразрешенное положение. Он старался не думать о своем положении и, кроме воинственной поэзии, старался забыться еще вином. Он пил все больше и больше и со дня на день все больше и больше нравственно слабел. Он теперь уже не был прекрасным Иосифом по отношению к Марье Дмитриевне, а, напротив, стал грубо ухаживать за ней, но, к удивлению своему, встретил решительный отпор, сильно пристыдивший его.

В конце апреля в укрепление пришел отряд, который Барятинский предназначал для нового движения через всю считавшуюся непроходимой Чечню. Тут были две роты Кабардинского полка, и роты эти, по установившемуся кавказскому обычаю, были приняты как гости ротами, стоящими в Куринском. Солдаты разобрались по казармам и угащивались не только ужином, кашей, говядиной, но и водкой, и офицеры разместились по офицерам, и, как и водилось, здешние офицеры угащивали пришедших.

Угощение кончилось попойкой с песенниками, и Иван Матвеевич, очень пьяный, уже не красный, но бледно-серый, сидел верхом на стуле и, выхватив шашку, рубил ею воображаемых врагов и то ругался, то хохотал, то обнимался, то плясал под любимую свою песню: «Шамиль начал бунтоваться в прошедшие годы, трай-рай-рататай, в прошедшие годы».

Бутлер был тут же. Он старался видеть и в этом военную поэзию, но в глубине души ему жалко было Ивана Матвеевича, но остановить его не было никакой возможности. И Бутлер, чувствуя хмель в голове, потихоньку вышел и пошел домой. Полный месяц светил на белые домики и на камни дороги.

Было светло так, что всякий камушек, соломинка, помет были видны на дороге. Подходя к дому, Бутлер встретил Марью Дмитриевну, в платке, покрывавшем ей голову и плечи. После отпора, данного Марьей Дмитриевной Бутлеру, он, немного совестясь, избегал встречи с нею. Теперь же, при лунном свете и от выпитого вина, Бутлер обрадовался этой встрече и хотел опять приласкаться к ней.

– Вы куда? – спросил он.

– Да своего старика проведать, – дружелюбно отвечала она. Она совершенно искренно и решительно отвергала ухаживанье Бутлера, но ей неприятно было, что он все последнее время сторонился ее.

– Что же его проведывать, придет.

– Да придет ли?

– А не придет – принесут.

– То-то, нехорошо ведь это, – сказала Марья Дмитриевна. – Так не ходить?

– Нет, не ходите. А пойдем лучше домой.

Марья Дмитриевна повернулась и пошла домой рядом с Бутлером. Месяц светил так ярко, что около тени, двигавшейся подле дороги, двигалось сияние вокруг головы. Бутлер смотрел на это сияние около своей головы и собирался сказать ей, что она все так же нравится ему, но не знал, как начать. Она ждала, что он скажет. Так, молча, они совсем уж подходили к дому, когда из-за угла выехали верховые. Ехал офицер с конвоем.

– Это кого Бог несет? – сказала Марья Дмитриевна и посторонилась.

Месяц светил взад приезжему, так что Марья Дмитриевна узнала его только тогда, когда он почти поравнялся с ними. Это был офицер Каменев, служивший прежде вместе с Иваном Матвеевичем, и потому Марья Дмитриевна знала его.

– Петр Николаевич, вы? – обратилась к нему Марья Дмитриевна.

– Я самый, – сказал Каменев. – А, Бутлер! Здравствуйте! Не спите еще? Гуляете с Марьей Дмитриевной? Смотрите, Иван Матвеевич вам задаст. Где он?

– А вот слышите, – сказала Марья Дмитриевна, указывая в ту сторону, из которой неслись звуки тулумбаса и песни. – Кутят.

– Это что же, ваши кутят?

– Нет, пришли из Хасав-Юрта, вот и угощаются.

– А, это хорошее дело. И я поспею. Я к нему ведь только на минуту.

– Что же, дело есть? – спросил Бутлер.

– Есть маленькое дельце.

– Хорошее или дурное?

– Кому как! Для нас хорошее, кое для кого скверное, – и Каменев засмеялся.

В это время и пешие и Каменев подошли к дому Ивана Матвеевича.

– Чихирев! – крикнул Каменев казаку. – Подъезжай-ка.

Донской казак выдвинулся из остальных и подъехал. Казак был в обыкновенной донской форме, в сапогах, шинели и с переметными сумами за седлом.

– Ну, достань-ка штуку, – сказал Каменев, слезая с лошади.

Казак тоже слез с лошади и достал из переметной сумы мешок с чем-то. Каменев взял из рук казака мешок и запустил в него руку.

– Так показать вам новость? Вы не испугаетесь? – обратился он к Марье Дмитриевне.

– Чего же бояться, – сказала Марья Дмитриевна.

– Вот она, – сказал Каменев, доставая человеческую голову и выставляя ее на свет месяца. – Узнаете?

Это была голова, бритая, с большими выступами черепа над глазами и черной стриженой бородкой и подстриженными усами, с одним открытым, другим полузакрытым глазом, с разрубленным и недорубленным бритым черепом, с окровавленным запекшейся черной кровью носом. Шея была замотана окровавленным полотенцем. Несмотря на все раны головы, в складе посиневших губ было детское доброе выражение.

Марья Дмитриевна посмотрела и, ничего не сказав, повернулась и быстрыми шагами ушла в дом.

Бутлер не мог отвести глаз от страшной головы. Это была голова того самого Хаджи-Мурата, с которым он так недавно проводил вечера в таких дружеских беседах.

– Как же это? Кто его убил? Где? – спросил он.

– Удрать хотел, поймали, – сказал Каменев и отдал голову казаку, а сам вошел в дом вместе с Бутлером.

– И молодцом умер, – сказал Каменев.

– Да как же это все случилось?

– А вот погодите, Иван Матвеевич придет, я все подробно расскажу. Ведь я за тем послан. Развожу по всем укреплениям, аулам, показываю.

Было послано за Иваном Матвеевичем, и он, пьяный, с двумя так же сильно выпившими офицерами, вернулся в дом и принялся обнимать Каменева.

– А я к вам, – сказал Каменев. – Хаджи-Мурата голову привез.

– Врешь! Убили?

– Да, бежать хотел.

– Я говорил, что надует. Так где же она? Голова-то? Покажи-ка.

Кликнули казака, и он внес мешок с головой. Голову вынули, и Иван Матвеевич пьяными глазами долго смотрел на нее.

– А все-таки молодчина был, – сказал он. – Дай я его поцелую.

– Да, правда, лихая была голова, – сказал один из офицеров.

Когда все осмотрели голову, ее отдали опять казаку. Казак положил голову в мешок, стараясь опустить на пол так, чтобы она как можно слабее стукнула.

– А что ж ты, Каменев, приговариваешь что, когда показываешь? – говорил один офицер.

– Нет, дай я его поцелую. Он мне шашку подарил, – кричал Иван Матвеевич.

Бутлер вышел на крыльцо. Марья Дмитриевна сидела на второй ступеньке. Она оглянулась на Бутлера и тотчас же сердито отвернулась.

– Что вы, Марья Дмитриевна? – спросил Бутлер.

– Все вы живорезы. Терпеть не могу. Живорезы, право, – сказала она, вставая.

– То же со всеми может быть, – сказал Бутлер, не зная, что говорить. – На то война.

– Война! – вскрикнула Марья Дмитриевна. – Какая война? Живорезы, вот и всё. Мертвое тело земле предать надо, а они зубоскалят. Живорезы, право, – повторила она и сошла с крыльца и ушла в дом через задний ход.

Бутлер вернулся в гостиную и попросил Каменева рассказать подробно, как было все дело.

И Каменев рассказал.

Дело было вот как.

XXV

Хаджи-Мурату было разрешено кататься верхом вблизи города и непременно с конвоем казаков. Казаков всех в Нухе была полусотня, из которой разобраны были по начальству человек десять, остальных же, если их посылать, как было приказано, по десять человек, приходилось бы наряжать через день. И потому в первый день послали десять казаков, а потом решили посылать по пять человек, прося Хаджи-Мурата не брать с собой всех своих нукеров, но 25 апреля Хаджи-Мурат выехал на прогулку со всеми пятью. В то время как Хаджи-Мурат садился на лошадь, воинский начальник заметил, что все пять нукеров собирались ехать с Хаджи-Муратом, и сказал ему, что ему не позволяется брать с собой всех, но Хаджи-Мурат как будто не слыхал, тронул лошадь, и воинский начальник не стал настаивать. С казаками был урядник, георгиевский кавалер, в скобку остриженный, молодой, кровь с молоком, здоровый русый малый, Назаров. Он был старший в бедной старообрядческой семье, выросший без отца и кормивший старую мать с тремя дочерьми и двумя братьями.

– Смотри, Назаров, не пускай далеко! – крикнул воинский начальник.

– Слушаю, ваше благородие, – ответил Назаров и, поднимаясь на стременах, тронул рысью, придерживая за плечом винтовку, своего доброго, крупного, рыжего, горбоносого мерина. Четыре казака ехали за ним: Ферапонтов, длинный, худой, первый вор и добытчик, – тот самый, который продал порох Гамзале; Игнатов, отслуживающий срок, немолодой человек, здоровый мужик, хваставшийся своей силой; Мишкин, слабосильный малолеток, над которым все смеялись, и Петраков, молодой, белокурый, единственный сын у матери, всегда ласковый и веселый.

С утра был туман, но к завтраку погода разгулялась, и солнце блестело и на только что распустившейся листве, и на молодой девственной траве, и на всходах хлебов, и на ряби быстрой реки, видневшейся налево от дороги.

Хаджи-Мурат ехал шагом. Казаки и его нукеры, не отставая, следовали за ним. Выехали шагом по дороге за крепостью. Встречались женщины с корзинами на головах, солдаты на повозках и скрипящие арбы на буйволах. Отъехав версты две, Хаджи-Мурат тронул своего белого кабардинца; он пошел проездом, так, что его нукеры шли большой рысью. Так же ехали и казаки.

– Эх, лошадь добра под ним, – сказал Ферапонтов. – Кабы в ту пору, как он не мирной был, ссадил бы его.

– Да, брат, за эту лошадку триста рублей давали в Тифлисе.

– А я на своем перегоню, – сказал Назаров.

– Как же, перегонишь, – сказал Ферапонтов.

Хаджи-Мурат все прибавлял хода.

– Эй, кунак, нельзя так. Потише! – прокричал Назаров, догоняя Хаджи-Мурата.

Хаджи-Мурат оглянулся и, ничего не сказав, продолжал ехать тем же проездом, не уменьшая хода.

– Смотри, задумали что, черти, – сказал Игнатов. – Вишь, лупят.

Так прошли с версту по направлению к горам.

– Я говорю, нельзя! – закричал опять Назаров.

Хаджи-Мурат не отвечал и не оглядывался, только еще прибавлял хода и с проезда перешел на скок.

– Врешь, не уйдешь! – крикнул Назаров, задетый за живое.

Он ударил плетью своего крупного рыжего мерина и, привстав на стременах и нагнувшись вперед, пустил его во весь мах за Хаджи-Муратом.

Небо было так ясно, воздух так свеж, силы жизни так радостно играли в душе Назарова, когда он, слившись в одно существо с доброю, сильною лошадью, летел по ровной дороге за Хаджи-Муратом, что ему и в голову не приходила возможность чего-нибудь недоброго, печального или страшного. Он радовался тому, что с каждым скоком набирал на Хаджи-Мурата и приближался к нему. Хаджи-Мурат сообразил по топоту крупной лошади казака, приближающегося к нему, что он накоротко должен настигнуть его, и, взявшись правой рукой за пистолет, левой стал слегка сдерживать своего разгорячившегося и слышавшего за собой лошадиный топот кабардинца.

– Нельзя, говорю! – крикнул Назаров, почти равняясь с Хаджи-Муратом и протягивая руку, чтобы схватить за повод его лошадь. Но не успел он схватиться за повод, как раздался выстрел.

– Что же это ты делаешь? – закричал Назаров, хватаясь за грудь. – Бей их, ребята, – проговорил он и, шатаясь, повалился на луку седла.

Но горцы прежде казаков взялись за оружие и били казаков из пистолетов и рубили их шашками. Назаров висел на шее носившей его вокруг товарищей испуганной лошади. Под Игнатовым упала лошадь, придавив ему ногу. Двое горцев, выхватив шашки, не слезая, полосовали его по голове и рукам. Петраков бросился было к товарищу, но тут же два выстрела, один в спину, другой в бок, сожгли его, и он, как мешок, кувырнулся с лошади.

Мишкин повернул лошадь назад и поскакал к крепости. Ханефи с Хан-Магомой бросились за Мишкиным, но он был уже далеко впереди, и горцы не могли догнать его.

Увидав, что они не могут догнать казака, Ханефи с Хан-Магомой вернулись к своим. Гамзало, добив кинжалом Игнатова, прирезал и Назарова, свалив его с лошади. Хан-Магома снимал с убитых сумки с патронами. Ханефи хотел взять лошадь Назарова, но Хаджи-Мурат крикнул ему, что не надо, и пустился вперед по дороге. Мюриды его поскакали за ним, отгоняя от себя бежавшую за ними лошадь Петракова. Они были уже версты за три от Нухи среди рисовых полей, когда раздался выстрел с башни, означавший тревогу.

Петраков лежал навзничь с взрезанным животом, и его молодое лицо было обращено к небу, и он, как рыба всхлипывая, умирал.

– Батюшки, отцы мои родные, что наделали! – вскрикнул, схватившись за голову, начальник крепости, когда узнал о побеге Хаджи-Мурата. – Голову сняли! Упустили, разбойники! – кричал он, слушая донесение Мишкина.

Тревога дана была везде, и не только все бывшие в наличности казаки были посланы за бежавшими, но собраны были и все, каких можно было собрать, милиционеры из мирных аулов. Объявлено было тысячу рублей награды тому, кто привезет живого или мертвого Хаджи-Мурата. И через два часа после того, как Хаджи-Мурат с товарищами ускакали от казаков, больше двухсот человек конных скакали за приставом отыскивать и ловить бежавших.

Проехав несколько верст по большой дороге, Хаджи-Мурат сдержал своего тяжело дышавшего и посеревшего от поту белого коня и остановился. Вправо от дороги виднелись сакли и минарет аула Беларджика, налево были поля, и в конце их виднелась река. Несмотря на то, что путь в горы лежал направо, Хаджи-Мурат повернул в противоположную сторону, влево, рассчитывая на то, что погоня бросится за ним именно направо. Он же, и без дороги переправясь через Алазань, выедет на большую дорогу, где его никто не будет ожидать, и проедет по ней до леса и тогда уже, вновь переехав через реку, лесом проберется в горы. Решив это, он повернул влево. Но доехать до реки оказалось невозможным. Рисовое поле, через которое надо было ехать, как это всегда делается весной, было только что залито водой и превратилось в трясину, в которой выше бабки вязли лошади. Хаджи-Мурат и его нукеры брали направо, налево, думая, что найдут более сухое место, но то поле, на которое они попали, было все равномерно залито и теперь пропитано водою. Лошади с звуком хлопания пробки вытаскивали утопающие ноги в вязкой грязи и, пройдя несколько шагов, тяжело дыша, останавливались.

Так они бились так долго, что начало смеркаться, а они всё еще не доехали до реки. Влево был островок с распустившимися листиками кустов, и Хаджи-Мурат решил въехать в эти кусты и там, дав отдых измученным лошадям, пробыть до ночи.

Въехав в кусты, Хаджи-Мурат и его нукеры слезли с лошадей и, стреножив их, пустили кормиться, сами же поели взятого с собой хлеба и сыра. Молодой месяц, светивший сначала, зашел за горы, и ночь была темная. Соловьев в Нухе было особенно много. Два было и в этих кустах. Пока Хаджи-Мурат с своими людьми шумел, въезжая в кусты, соловьи замолкли. Но когда затихли люди, они опять защелкали, перекликаясь. Хаджи-Мурат, прислушиваясь к звукам ночи, невольно слушал их.

И их свист напомнил ему ту песню о Гамзате, которую он слушал нынче ночью, когда выходил за водой. Он всякую минуту теперь мог быть в том же положении, в котором был Гамзат. Ему подумалось, что это так и будет, и ему вдруг стало серьезно на душе. Он разостлал бурку и совершил намаз. И едва только окончил его, как послышались приближающиеся к кустам звуки. Это были звуки большого количества лошадиных ног, шлепавших по трясине. Быстроглазый Хан-Магома, выбежав на один край кустов, высмотрел в темноте черные тени конных и пеших, приближавшихся к кустам. Ханефи увидал такую же толпу с другой стороны. Это был Карганов, уездный воинский начальник, с своими милиционерами.

«Что ж, будем биться, как Гамзат», – подумал Хаджи-Мурат.

После того как дана была тревога, Карганов с сотней милиционеров и казаков бросился в догоню Хаджи-Мурата, но нигде не нашел ни его, ни следов его. Карганов уже возвращался безнадежно домой, когда перед вечером ему встретился старик татарин. Карганов спросил у старика, не видал ли он шестерых конных? Старик отвечал, что видел. Он видел, как шесть конных кружились по рисовому полю и въехали в кусты, в которых он собирал дрова. Карганов, захватив с собой старика, вернулся назад и, по виду стреноженных лошадей уверившись, что Хаджи-Мурат был тут, ночью уже окружил кусты и стал дожидаться утра, чтобы взять Хаджи-Мурата живого или мертвого.

Поняв, что он окружен, Хаджи-Мурат высмотрел в середине кустов старую канаву и решил засесть в ней и отбиваться, пока будут заряды и силы. Он сказал это своим товарищам и велел им делать завал на канаве. И нукеры тотчас же взялись рубить ветки, кинжалами копать землю, делать насыпь. Хаджи-Мурат работал вместе с ними.

Как только стало светать, как к кустам близко подъехал сотенный командир милиции и закричал:

– Эй! Хаджи-Мурат! Сдавайся! Нас много, а вас мало.

В ответ на это из канавы показался дымок, щелкнула винтовка, и пуля попала в лошадь милиционера, которая шарахнулась под ним и стала падать. Вслед за этим затрещали винтовки милиционеров, стоявших на опушке кустов, и пули их, свистя и жужжа, обивали листья и сучья и попадали в завал, но не попадали в людей, сидевших за завалом. Только одна отбившаяся лошадь Гамзалы была подбита ими. Лошадь была ранена в голову. Она не упала, но, разорвав треногу, треща по кустам, бросилась к другим лошадям и, прижавшись к ним, поливала кровью молодую траву. Хаджи-Мурат и его люди стреляли только тогда, когда кто-либо из милиционеров выдавался вперед, и редко миновали цели. Три человека из милиционеров были ранены, и милиционеры не только не решались броситься на Хаджи-Мурата и его людей, но всё более и более отдалялись от них и стреляли только издалека, наобум.

Так продолжалось более часа. Солнце взошло в полдерева, и Хаджи-Мурат уже думал сесть на лошадей и попытаться пробиться к реке, когда послышались крики вновь прибывшей большой партии. Это был Гаджи-Ага мехтулинский с своими людьми. Их было человек двести. Гаджи-Ага был когда-то кунак Хаджи-Мурата и жил с ним в горах, но потом перешел к русским. С ним же был Ахмет-Хан, сын врага Хаджи-Мурата. Гаджи-Ага, так же как Карганов, начал с того, что закричал Хаджи-Мурату, чтобы он сдавался, но, так же как и в первый раз, Хаджи-Мурат ответил выстрелом.

– В шашки, ребята! – крикнул Гаджи-Ага, выхватив свою, и послышались сотни голосов людей, с визгом бросившихся в кусты.

Милиционеры вбежали в кусты, но из-за завала затрещало один за другим несколько выстрелов. Человека три упало, и нападавшие остановились, и на опушке кустов тоже стали стрелять. Они стреляли и вместе с тем понемногу приближались к завалу, перебегая от куста к кусту. Некоторые успевали перебегать, некоторые же попадали под пули Хаджи-Мурата и его людей. Хаджи-Мурат бил без промаха, точно так же редко выпускал выстрел даром Гамзало и всякий раз радостно визжал, когда видел, что пули его попадали. Курбан сидел с краю канавы и пел «Ля илляха иль алла» и не торопясь стрелял, но попадал редко. Элдар же дрожал всем телом от нетерпения броситься с кинжалом на врагов и стрелял часто и как попало, беспрестанно оглядываясь на Хаджи-Мурата и высовываясь из-за завала. Волосатый Ханефи, с засученными рукавами, и тут исполнял должность слуги. Он заряжал ружья, которые передавали ему Хаджи-Мурат и Курбан, старательно загоняя железным шомполом обернутые в намасленные хлюсты пульки и подсыпая из натруски сухого пороха на полки. Хан-Магома же не сидел, как другие, в канаве, а перебегал из канавы к лошадям, загоняя их в более безопасное место, и не переставая визжал и стрелял с руки без под сошек. Его первого ранили. Пуля попала ему в шею, и он сел назад, плюя кровью и ругаясь. Потом ранен был Хаджи-Мурат. Пуля пробила ему плечо. Хаджи-Мурат вырвал из бешмета вату, заткнул себе рану и продолжал стрелять.

– Бросимся в шашки, – в третий раз говорил Элдар.

Он высунулся из-за завала, готовый броситься на врагов, но в ту же минуту пуля ударила в него, и он зашатался и упал навзничь, на ногу Хаджи-Мурату. Хаджи-Мурат взглянул на него. Бараньи прекрасные глаза пристально и серьезно смотрели на Хаджи-Мурата. Рот с выдающеюся, как у детей, верхней губой дергался, не раскрываясь. Хаджи-Мурат выпростал из-под него ногу и продолжал целиться. Ханефи нагнулся над убитым Элдаром и стал быстро выбирать нерасстрелянные заряды из его черкески. Курбан между тем все пел, медленно заряжая и целясь.

Враги, перебегая от куста к кусту с гиканьем и визгом, придвигались все ближе и ближе. Еще пуля попала Хаджи-Мурату в левый бок. Он лег в канаву и опять, вырвав из бешмета кусок ваты, заткнул рану. Рана в бок была смертельна, и он чувствовал, что умирает. Воспоминания и образы с необыкновенной быстротой сменялись в его воображении одно другим. То он видел перед собой силача Абунунцал-Хана, как он, придерживая рукою отрубленную, висящую щеку, с кинжалом в руке бросился на врага; то видел слабого, бескровного старика Воронцова с его хитрым белым лицом и слышал его мягкий голос; то видел сына Юсуфа, то жену Софиат, то бледное, с рыжей бородой и прищуренными глазами, лицо врага своего Шамиля.

И все эти воспоминания пробегали в его воображении, не вызывая в нем никакого чувства: ни жалости, ни злобы, ни какого-либо желания. Все это казалось так ничтожно в сравнении с тем, что начиналось и уже началось для него. А между тем его сильное тело продолжало делать начатое. Он собрал последние силы, поднялся из-за завала и выстрелил из пистолета в подбегавшего человека и попал в него. Человек упал. Потом он совсем вылез из ямы и с кинжалом пошел прямо, тяжело хромая, навстречу врагам. Раздалось несколько выстрелов, он зашатался и упал. Несколько человек милиционеров с торжествующим визгом бросились к упавшему телу. Но то, что казалось им мертвым телом, вдруг зашевелилось. Сначала поднялась окровавленная, без папахи, бритая голова, потом поднялось туловище, и, ухватившись за дерево, он поднялся весь. Он так казался страшен, что подбегавшие остановились. Но вдруг он дрогнул, отшатнулся от дерева и со всего роста, как подкошенный репей, упал на лицо и уже не двигался.

Он не двигался, но еще чувствовал. Когда первый подбежавший к нему Гаджи-Ага ударил его большим кинжалом по голове, ему казалось, что его молотком бьют по голове, и он не мог понять, кто это делает и зачем. Это было последнее его сознание связи с своим телом. Больше он уже ничего не чувствовал, и враги топтали и резали то, что не имело уже ничего общего с ним. Гаджи-Ага, наступив ногой на спину тела, с двух ударов отсек голову и осторожно, чтобы не запачкать в кровь чувяки, откатил ее ногою. Алая кровь хлынула из артерий шеи и черная из головы и залила траву.

И Карганов, и Гаджи-Ага, и Ахмет-Хан, и все милиционеры, как охотник над убитым зверем, собрались над телами Хаджи-Мурата и его людей (Ханефи, Курбана и Гамзалу связали) и, в пороховом дыму стоявшие в кустах, весело разговаривая, торжествовали свою победу.

Соловьи, смолкнувшие во время стрельбы, опять защелкали, сперва один близко и потом другие на дальнем конце.

Вот эту-то смерть и напомнил мне раздавленный репей среди вспаханного поля.

Комментарии

КАВКАЗСКИЙ ПЛЕННИК

С. 8

Верхáми – верхом на лошадях.

Окорачивать – приостанавливать.

С. 9

Пулять – кидать, бросать.

Ногайцы – одна из кавказских народностей.

С. 10

Сакля – дом из камня и глины.

Распояской – не подпоясавшись.

Бешмет – недлинный полукафтан в обтяжку; поверх бешмета мужчины на Востоке носят черкеску – узкую, длинную одежду, затянутую в талии.

Галунчик – красивая тесьма.

Сафьянный – из тонкой дорогой кожи.

Притолка (притолока) – боковой брус в дверях.

С. 11

Монисто – бусы.

С. 12

Горница – комната.

Ток – в русских деревнях площадка для обмолота и просушивания зерна.

С. 17

Снасть – здесь: набор инструментов.

С. 18

Чалма – длинный кусок материи, обмотанный вокруг головы.

Шептала – абрикосовое или персиковое дерево.

Мекка – город в Саудовской Аравии, священное место для мусульман. Там родился основатель ислама Мухаммед.

С. 19

На полдни – на юг.

С. 20

Чинара – восточный платан.

Мулла – мусульманский священник.

Под лытки – под колени.

С. 22

Уляшин. – У Толстого на Кавказе была собака по кличке Улачин. Однажды по дороге в Кизляр он потерял Улачина.

С. 23

Высожары (Висожары) – группа звезд.

С. 24

Рассоло́дел – ослабел.

Колода – здесь: неповоротливый, грузный человек.

С. 29

Переднюю – проведу день, перезжду.

ХАДЖИ-МУРАТ

СЛОВАРЬ ГОРСКИХ СЛОВ

Абрек (черкес.) – беглый горец, разбойник.

Аварцы – самая многочисленная народность, населявшая Средний Дагестан.

Адат (араб.) – обычай, освященный давностью.

Айя (ногайск.) – да.

Аманат (араб.) – заложник.

Ана (кумык.) – мать.

Байрам (тюрк.) – праздник, торжество.

Бар (кумык.) – есть.

Баранчук (кумык.) – ребенок.

Бу<о>лур (кумык.) – будет.

Гурда (чечен.). – «Шашки и кинжалы, дороже всего ценимые на Кавказе, называются по мастеру Гурда» (примеч. Л. Н. Толстого к «Казакам»).

Имам (араб.) – мусульманский владыка, соединяющий в своем лице высшую духовную и светскую власть.

Йок (кумык.) – нет.

Кизяк (тюрк.) – сухой навоз (с соломой) для топлива.

Кошкильды или хошгельды (кумык.) – «здравия желаем, мир вам» (примеч. Л. Н. Толстого к «Казакам»).

Кумган (кумык.) – высокий медный кувшин с носиком и крышкой.

Кунак (тур.) – друг, товарищ.

Курбан-Байрам (араб.) – главный мусульманский праздник.

Курпей (кумык.) – верх папахи.

Ля илляха иль алла – «Нет бога, кроме бога» (в такой транскрипции записал Толстой одно из главных мусульманских молитвословий).

Марушка (кумык.) – жена.

Минарет (араб.) – башня при мечети.

Мулатим (араб.) – воспитанник духовной школы.

Муэдзин (араб.) – служитель мечети, выкрикивающий с высоты минарета призывы к молитве.

Мюрид (араб.) – послушник, «искатель истины». «Слово мюрид имеет много значений, но в том смысле, в котором употреблено здесь, значит что-то среднее между адъютантом и телохранителем» (примеч. Л. Н. Толстого к «Набегу»).

Мюршид (араб.) – религиозный наставник мюрида.

Наиб (араб.). – «Наибами называют людей, которым вверена от Шамиля какая-нибудь часть управления» (примеч. Л. Н. Толстого к «Набегу»).

Намаз (перс.) – повседневная молитва мусульман, совершаемая пять раз в сутки.

Ноговицы – часть обуви, состоящая из голенищ без головок.

Нукер (перс.) – служитель, телохранитель.

Пешкеш (перс.) – подарок.

Пильгиши (чечен.) – пельмени или клецки с начинкой.

Сардарь (перс.) – главнейший правитель, командующий войсками, у горцев – царский наместник Кавказа.

Селям-алейкум (араб.) – привет тебе, здравствуй.

Саубул (кумык.) – будь здоров.

Тарикат (араб.) – религиозное мусульманское учение о подвижнической жизни.

Той (кумык.) – пирушка с музыкой, песнями и плясками.

Тулумбасы (перс.) – музыкальный ударный инструмент.

Улан-якши (кумык.) – молодец парень.

Хаджи (араб.) – звание мусульманина, совершившего паломничество в Мекку и Медину для поклонения священному камню и гробу Магомета; *мурат* – дорогой.

Хазават (араб.) – так называемая священная война против иноверцев.

Хинкал (авар.) – лепешка из пряного теста.

Хозыри (араб. – готовые к стрельбе*)* – футлярчики для патронов по обеим сторонам груди.

Чихирь (кумык.) – молодое вино.

Шариат (араб.) – мусульманское законодательство, основанное на Коране и других священных мусульманских книгах.

Шейх (араб.) – духовный наставник.

Якши (кумык.) – хорошо.

С. 39

Воронцову, князю. – С. М. Воронцов (1823–1882) – сын наместника Кавказа М. С. Воронцова, командир Куринского егерского полка.

Гехи – аул Терской области.

С. 43

Прокурат – проказник, плут, веселый шут.

С. 47

Кандидат – здесь: окончивший университет.

Кринолин – парадное платье с широкой юбкой, внутри которой пришиты тонкие металлические обручи.

С. 48

Камердинер – слуга, лакей.

С. 50

Каптенармус – ведающий в армии хозяйственной частью.

Клико – сорт вина (шампанского).

С. 52

Рубка леса. – Вырубка леса велась при завоевании Кавказа. В 1853–1855 годах Толстой написал рассказ «Рубка леса».

С. 55

Стожары – группа звезд в созвездии Тельца (Плеяды).

Переметные сумы – два связанных мешка, перекидываемых через седло.

С. 58

Субалтерн-офицер – младший офицер.

Пажеский корпус – военное учебное заведение для детей из знатных дворянских семей.

С. 62

Заводная лошадь – запасная верховая лошадь, нагруженная вьюками.

С. 67

Брегет – карманные часы с боем.

С. 69

Пароксизм – приступ, обострение болезни.

С. 70

Гумно – расчищенный участок земли, на котором складывали скирды хлеба; иногда огороженный, с навесом.

С. 70

Волоть – верхняя часть снопа.

Свясло – соломенный жгут для связки снопа.

С. 72

Веретье – грубая ткань.

С. 74

Кроан. – Сражение при городе Кроане происходило в 1814 году. В 1815 году М. С. Воронцов (1782–1856) был назначен командиром оккупационного корпуса во Франции и занимал этот пост до 1818 года.

С. 74

Метрдотель – главный официант, ведающий кухней и обслуживанием гостей за столом.

Гергебиль – укрепленный аул в Северном Дагестане.

С. 76

Даргинский поход. – Аул *Дарго* – главный укрепленный пункт войск Шамиля в Северном Дагестане. Неудачная для русских Даргинская экспедиция была произведена в 1845 году по настоянию Николая I, который «считал, что успех может быть достигнут только энергичным нападением на центр владения Шамиля» (цитата – из рукописей «Хаджи-Мурата»).

С. 78

Мюрат – Иоахим Мюрат (1767–1815), маршал Наполеона, в конце жизни, впрочем, не раз ему изменявший. Расстрелян по приговору военного суда – за попытку добиться независимости от империи Неаполитанского королевства (титул Неаполитанского короля дан был Мюрату Наполеоном).

С. *79*

Откуп – право на взыскание с населения доходов, продававшееся правительством богатым чиновникам или купцам.

Пристав – начальник местной полиции.

С. 82

Клюгенау. – «Записками» этого генерала, командовавшего русскими войсками в Северном Дагестане, Толстой пользовался, работая над повестью (напечатаны в 1876 году журналом «Русская старина»).

Кумыцкий князь – князь, владевший одной из областей Дагестана – Каза-Кумыцким княжеством.

Жалузи (жалюзи) – решетчатые ставни для защиты от солнечных лучей.

С. 82

Лезгинская линия. – Лезгины – горская народность, живущая в южной части Дагестана.

С. 84

Фаэтон – легкая коляска с открытым верхом.

Лорис-Меликов – генерал-адъютант Воронцова, впоследствии министр внутренних дел М. Т. Лорис-Меликов (1825–1831); записанный им рассказ Хаджи-Мурата был напечатан в № 3 «Русской старины» за 1881 год (номер был у Толстого).

С. 85

Хунзах – центр Аварского ханства.

С. 90

Мансур – Мансур Хасс Мохаммед, проповедник (с 1785 года) среди кавказских горцев возрождения ислама.

С. 97

Гимринцы – горцы из аварского аула Гимри (Гумри) – родины Шамиля.

С. 103

Фельдъегерь – военный курьер, доставлявший важные, преимущественно секретные бумаги.

С. 104

Чернышев З. Г. (1796–1862) – член Южного общества декабристов; сослан на каторгу в Нерчинск, потом – на поселение в Якутск; четыре года (1829–1833) провел рядовым на Кавказе.

С. 104

Камер-лакей – придворный лакей.

Товарищ министра – должность помощника, заместителя министра.

С. 105

Бюро – конторка, высокий наклонный стол для письменных занятий и хранения бумаг.

С. 108

Шурин – брат жены. Имеется в виду прусский король Фридрих Вильгельм IV, на сестре которого был женат император Николай I.

С. 111

Ермолов А. П. (1777–1861) – генерал, прославившийся в Отечественную войну 1812 года; в 1816–1827 годах был командиром Кавказского корпуса и главнокомандующим в Грузии.

Вельяминов А. А. (1785–1838) – начальник штаба при Ермолове.

С. 115

Помпейский зал – зал, украшенный на древнеримский манер. В 79 году нашей эры итальянский город Помпеи был засыпан извержением вулкана Везувий, но в середине XVIII века частично раскопан.

С. 115

Меттерних В. К. (1773–1859) – в 1821–1848 годах австрийский канцлер.

Кордонная линия – цепь отрядов, расположенных в приграничной полосе.

С. 119

Арьергард – отряд, охраняющий тылы войска.

С. 119

Загибать угол (карты), *понтировать* (делать ставку) – термины карточной игры.

С. 123
Рыже-игреневый – светло-рыжий с беловатой гривой и хвостом.

Карабахская – порода лошадей, выведенная в Горном Карабахе.

С. 128
Чепрак – суконная или ковровая подстилка под седло.

С. 129
Сераль – дворец и его внутренние покои.

С. 129
Кистинцы – небольшая кавказская народность.

С. 139
Милиционеры – здесь: военнослужащие из добровольцев.

Барятинский А. И. (1815–1879) – князь, в 1856–1862 годах командующий войсками и наместник на Кавказе. Именно он в 1859 году взял в плен Шамиля. Толстой был знаком с Барятинским, когда сам участвовал в военных действиях на Кавказе; изображен в рассказе «Набег» (1852–1853).

С. 141
Завалы – заслоны из сваленных деревьев.

С. 145
Золотой – золотая монета достоинством в пять или десять рублей.

С. 151
Прекрасный Иосиф – герой библейской легенды.

С. 161
Карганов И. И. (Корганов) (ум. в 1870 году) – полковник, уездный воинский начальник города Нухи, впоследствии генерал-майор. В 1902–1903 годах Толстой переписывался с его сыном и вдовой по поводу материалов о Хаджи-Мурате.

Л. Громова-Опульская

ОГЛАВЛЕНИЕ

www.ingramcontent.com/pod-product-compliance
Lightning Source LLC
Chambersburg PA
CBHW070616310726
48982CB00001B/103